语言·文化·传播丛书

Catalogue of British and American Films Dubbed in China from 1949 to 2009

中国译制片翻译研究资料汇编

（1949—2009英美篇）

余　静　编著

U0822793

中国传媒大学出版社
·北京·

目 录

前 言

本书收集的是1949年至2009年间引进中国，并通过配音方式公映的外国电影译制片的相关信息。编写这样一本书的目的是为了三类读者：首先是像笔者一样的翻译研究者，无论是对译制片翻译、媒体翻译、翻译史还是对字幕翻译感兴趣的研究者，都可以在本书中找到自己感兴趣的内容。其次，是对译制片感兴趣的一般读者。我们经常看到喜爱电影译制片的观众和译制片发烧友在网上发帖求助，希望能找到小时候看过的译制片，了解配音演员、电影导演、译制导演、剧本翻译等信息，针对这些需求，本书可以提供线索，帮助读者找到相关译制片的各种信息。此外，本书也可以为对电影史、译制片史、文化接触史、配音艺术研究等感兴趣的研究者提供参考资料。

编这本影片目录，是因为最近两年笔者开始对媒体翻译，尤其是对中国译制片翻译产生兴趣。译制片自20世纪初进入中国，影响了无数中国人对外来文化的接受，虽然在20世纪随着互联网的发展和全球化的进程而逐渐衰落，但它塑造了中国几代人心目中的“他者”形象，影响了几十年来我们与外来文化的交流和接触，因而成为中外文化交流和影响研究的重要课题，也是翻译研究极为重要的领域。然而，当笔者开始查阅资料，想首先了解一下中国电影译制的历史背景，看看外国电影究竟是如何被译制到中国来时，却发现这方面的资料非常零散和匮乏。目前译制片研究的学者大多来自影视研究领域，他们的兴趣点集中在电影研究方面，如哪些国家的哪些电影译入了中国，分别是哪些类型的电影，这些电影在中国的影响如何，译制导演和配音演员的工作、电影的发行放映情况怎样，等等，而翻译研究者更为关心的译制转换过程、译制策略、译者情况，以及译制过程中所涉及的改写和操控等方面则鲜有涉及。目前出版的一些专著也搜集和整理了相关的史料，提供了不少线索，但笔者也发现，真正从翻译研究和电影译制翻译史的视角出发展开的资料整理工作还比较匮乏。对于翻译研究而言，目前出版的研究专著提供的资料存在两个局限。一是资料不够全面。这些目录大多按年代或是译制片厂分类编撰，但资料集中在上海译制片厂和长春电影制片厂出品的译制片，而对八一电影制片厂和北京电影制片厂，以及后来中国电影集团等其他译制方出品的译制片资料收录有限；二是缺乏必要的译制资料信息。这些目录往往只列出译制片的中文名称和译制年代，也有一些补充了部分影片的外语名称，但除此之外并没有其他更多的资料可供研究者参考。首先是原片信息缺乏。年代较为久远一些的译制片，在各类资料中只能找到一个中文片名，既不知道译自哪个国家，也不知道译自哪部影片。对翻译研究而言，没有原片，就无从下手对比分析原片与译制片，自然无法探讨译制片翻译相关的种种问题。其次是参与译制人员的信息缺乏。研究者关注的往往是一些影响比较大的影片和著名的译制导演、配音演员，但从史料搜集的角度来看，绝大部分影片的译制人员信息还是隐藏在历史的烟尘中。更重要的是，翻译研究者最感兴趣的幕后工作者——译者方面的信息可以说几乎是无迹可寻。电影译制涉及译制导演、配音、剧本翻译、录音等多项工作，剧本翻译则是译制工作的基石，但剧本翻译在前人资料和研究中都鲜有提及。即便是找到了带配音的DVD，有时候也很难找到需要的资料，因为目前出版的带配音的碟片很多并不提供译制信息，甚至将原片公映时的中文字幕全部抹去，只保留配音音轨。这意味着影视翻译，尤其是译制片翻译研究首要需要解决的问题，就是译制信息的史料整理和搜集。本书编撰的目的，就是为翻译研究者提供四个方面的索引资料：新中国成立60年来有哪些来自英美的译制片译入中国、原片是什么、在什么时候、通过谁之手译入了中国。有了这些线索，研究者既可以进一步对特定译者、特定导演、特定时期、特定文化的译制片展开深入研究，也可以对原片和译制片进行文本对比分析，研究译制片翻译策略和不同时期的翻译规范。本书提供的线索可以帮研究者找到原片，去各类电影资料馆找到相关的译制音像资料和资料背后的译制人员信息。

本书收集的译制片时间跨度为60年，因为1949年到2009年基本上涵盖了配音译制片在中国从起步到鼎盛进而到衰落的相对较为完整的周期；也包含中国20世纪50年代至80年代期间译制的英美20世纪二三十年代的电影。1949年之前大多是放映原声影片,译制片数量有限,而2009年之后的各种译制片信息在网络上也较易获得。本书选取英美译制片,是因为20世纪80年代以来英美译制片在国内占据了绝对的主导地位,也因为英美译制片是笔者的研究兴趣之所在,更因为笔者本人中英双语的背景能使搜集到的资料相对准确和全面。本书只收录了在中国院线公开放映的译制片,而不包括各大电视台译制的电影和电视剧、以DVD、VCD等各种碟片和数字形式出版的译制电影,也不包括"文革"后各大译制厂为电影资料馆录制的译制片、内参片,以及各译制厂译制了但由于各种原因未能在院线公开放映的译制片等。例如,有些片子在国内影响比较大,在网络上也可以查到详细的译制信息,但事实上只出了内参片或是DVD版配音,并未在院线公映,例如《肖申克的救赎》《夺宝奇兵1》《费城故事》《沉默的羔羊》等,并未包含在本书里。此外,还有少量电影,如迪士尼的一些动画片,在大陆上映的时候采用的是台湾的译制版本,凡能找到其佐证资料的本书也都一一收录。由于早期的资料比较难获得,本书将收集到的早期部分内参片和字幕片的信息,包括"文革"前和"文革"期间作为内参片放映的字幕片,均作为附录放在译制片目录后面。

本书收入的影片目录按照译制片的公映年代而非原片的上映年代来排序,需要说明的是,目录里的"译制片出品机构"以译制片的公映年代为准,例如有些译制片在"文革"期间作为内参片译制,20世纪80年代公开放映,则按照公开放映的年代排序。此外,本书参考的一些资料,如各类年鉴里收录的译制片的译制年代大多是译制片厂提供的,并未说明是译制时间还是上映时间,译制片的实际上映时间可能是当年,也可能会稍微晚一点(如1987年年底译制、1988年上映),凡是能核实的,均以上映日期为准,无法核实的,则以各类资料上的记录为准,不排除部分影片的上映时间可能有所出入,因而统一称之为"译制片出品时间"。书中涉及的原片上映时间以IMDb和维基百科上的为准。

本书所收录的"英美译制片"的界定遵循目标语为导向的原则,即"在中国被认为是英国或美国电影的那些译制片"。它既包括英国和美国出品被译制到中国来的电影,也包括多国联合出品或是其他非英美国家出品、在中国作为英美电影引进的电影。此外,本书也收录了英美出品但被作为其他国家电影引进的那些片子,具体包括五类。

1.原出品国为英国或者美国，或两国联合出品，并作为英国或美国电影引进的；

2.原出品国为多个国家，英国或美国作为第一出品国，并作为英国或美国电影引进的；

3.原出品国为多个国家，英国或美国是出品国，但并非第一出品国，作为英国或美国电影引进中国的；

4.其他作为英国或美国电影引进的译制片，无论原出品国是哪里；

5.原出品国为英国或美国，或英国/美国作为第一出品国，但作为其他国家电影引进的。

原片出品国资料参考的是 IMDb 以及维基百科上的记录，而译制片的出品信息则参考公映时的海报以及官方出版的各类年鉴。也就是说，如果在中国上映时电影宣传海报上标注的是“美国电影”或是“英国电影”，则无论 IMDb 上列出的出品国是哪里，都会被收入本书并标注出相关信息。例如，本书里找不到著名电影《虎口脱险》（*La GrandeVadrouille*）的相关信息，因为这部电影虽然是法国和英国 1966 年联合制片，但英国不是第一出品国，1982 年它是作为法国电影引进中国的。此外，目录上可以找到《海狼》（*The Sea Wolves*），因为它的制片国虽然是瑞士、英国和美国，英国或美国也不是第一出品国，但它是作为“英国电影”在中国公映的。同理，目录里会包含加拿大 1995 年出品的《恐怖阴谋》（*The Conspiracy of Fear*），因为它在中国上映时海报上是“美国彩色遮幅式故事片”。此外，美国与捷克联合制片的《王子与我》（*The Prince & Me*），虽然被当作加拿大影片在中国上映，但其第一出品国是美国，因此也包含在目录中。这类情况书中都一一做了标注。2000 年后中国院线的电影宣传逐渐突出著名导演、演员、配音演员、剧情、影片类型、影片所属系列等信息，而不太突出甚至完全没有关于影片出品国的信息，这种情况下则以原片上的出品国信息为准。书中还收录了影片的分级信息，美国电影分级始于 20 世纪 70 年代，因而之前译入中国的很多英美影片并无分级信息，之后的分级大致如下：G 级（大众级，所有人都可以看）、PG 级（普通级别，儿童需要在家长引导下观看）、PG-13 级（13 岁以下的孩子不宜观看，13-17 岁的孩子需要在家长的陪同下观看）、R 级（限制级电影，17 岁以下的孩子必须由家长陪同才能观看）、NC-17 级（限制级电影，仅限成人观看，17 岁以下的孩子禁止观看）。有个别电影采取的是英国电影分级制，如 GP（普通级别),和美国电视电影分级制,如 TV-G 表示针对一般观众,适合所有年龄阶段的观众,几乎不包含暴力、粗话或性语言与画面。TV-14 表示,14 岁以下未成年观众观看时家长要强烈警告;TV-PG 建议未成年观众在家长引导下观看。早期一些电影被评级为 Approved 或 Passed,是因为当时的评级系统只做是否允许上映的区分,这两个词都表示电影获得上映许可。另外还有电影分级标注为 M 的,这是 1969 年至 1971 年使用的分级方式,即成年观众可看,现在已经废弃这种分级。此外,限于篇幅,原片编剧和演员信息只收录了主要参与人员的名字。这些英文的编剧和演员、导演等人的名字按规定应该翻译成中文,但考虑到影视领域很多早期译名并不规范,本书如按当前的译名规范将之进行重新翻译,可能会导致书中翻译的名字和电影实际上映时的译名发生冲突。然而,如果一概采用电影上映时的译名,一方面有些编剧、演员和导演的译名存在多个版本,另外一方面由于年代久远和资料匮乏,很多电影的准确译名资料很难找到。简而言之,为了避免翻译导致的资料混乱,这些人名没有进行汉译,也请读者谅解。

本书收录的资料有一部分可能与其他出版物提供的资料会有所出入,为避免误解,在此说明一下。首先,本书收录的一些电影原片名称和译制片名称可能不止一个。电影原片名称不止一个是因为电影是全球发行,在不同地区可能会采取不同的名称,而大家最熟悉的名称并不一定是电影的首发名称,这种情况下笔者会将不同名称都列出来。出现多个译制片名则是因为早期译制片在中国不同地区公映的时候可能采用不同的译制片名,所以这类资料就被一并收录了进来。例如美国影片《篮坛怪杰》的英文片名有两个,在美国用的是 *Hoosiers*。Hoosier 是印第安纳人民对自己的称呼,因为这部电影由真实故事改编而成,而故事就发生在印第安纳州的一个小镇上,因而得名。不过英国很少有人知道这个词的意思,所以它在英国发行时被改名为 *Best Shot*,中文海报也用的是这个名字。第二,本书收集的条目和原片名称可能与其他出版物提供的资料不完全一致。在本书资料搜集过程中,二手资料中的信息都会被逐条核实,遇到不一致的情况笔者多会寻找佐证材料。这里只举一个例子。不止一处资料显示 1984 年上映了上海电影译制厂译制的美国电影《死亡陷阱》或《死亡陷井》,原片是美国 1982 年电影 *Deathtrap*。但笔者核实了海报、电影剧本、视频等资料后发现,上海译制片厂出品的这部片子其实是法国和意大利 1971 年联合出品的,名字也不是

Deathtrap，而是 *La Maison Sous les Arbres*，英文名是 *The Deadly Trap*，在中国上映的时候名字也不是《死亡陷阱》或《死亡陷井》，而是《死亡的陷井》，它作为法意合拍影片引进到中国。之所以会被误以为是美国片，是因为原片 *The Deadly Trap* 的对白都是英文，而 1982 年的确有部美国片 *Deathtrap* 上映，与中文译制片名的重合度相当高，因而 *Deathtrap* 被误以为是该译制片的原片。当然，这部片子因不符合本书收录条件而未被收录。第三，本书只保证搜集和整理的过程中尽可能做到全面而可靠，并不对资料本身进行主观判断或遴选。例如“文革”期间的内参片有一部《女人比男人更凶残》，资料显示上海电影译制厂和长春电影制片厂都出过其内参片。虽然编者认为“文革”期间同一部电影有两个译制版本比较罕见，但前者有上海译制片厂的照片资料为证，后者源自八一电影制片厂出版的《影视目录》，因而二者都被收录在本书里。同样的情况发生在《巴顿将军》的配音资料上，资料显示八一电影制片厂有两次不同配音，人员并不完全一致，因而这两条资料均被放在了本书里。

相关资料收集整理的过程涉及大量的“侦探”工作——搜寻蛛丝马迹，查找佐证材料。电影译制片不像图书译本，可以从各大图书馆以及各大购书网站寻找线索来挖掘需要的信息。互联网兴起之前，电影译制片可能在放映的时候轰动一时，妇孺皆知，但过三五年之后，基本上就很难找到详细的相关信息，尤其是早期的译制片。这类信息图书馆并不会收录，而现有的几大电影资料馆也只收录部分资料，能提供的帮助有限。本书的资料来源包括四类，一是学术研究资料，即各类电影和译制片研究专著和论文里提供的线索；二是各类年鉴，包括电影年鉴、文化年鉴、城市年鉴、译制片厂的出版资料、电影海报、电影小人书等；三是各类期刊和报纸上有关译制片的内容简介、观影感想、电影广告和推介、电影评论，以及配音演员和译制导演等工作人员写的文章、回忆录，对他们进行采访的录音资料等；四是网络资料，包括 IMDb、维基百科、百度百科、中国配音网、淘宝网、各大视频网站以及其他各类网络资源。下面简单说一下资料搜集过程中遇到的问题和解决方式。

首先遇到的是寻找并核实原片的信息。不少资料上只有一个中文译制片名，既没有显示原片的名字也没有显示其出品的年代。按理说第一步是查询该片的电影海报获取线索。但有时候我们会发现海报是纯粹的中文，根本没有原片的名字，也很难通过回译原片的名字来检索资料，因为很多时候译制片名与原片名大相径庭。此外，同名电影比较多，有时候一个片名会有五六个同名电影。遇到这种情况，笔者先是尝试还原原片导演和演员的名字来找线索，但这个办法只适用于一些著名导演和演员，大部分情况下电影演员名字的翻译并不规范，无法回译为准确的英文姓名，尤其是早期的人名翻译喜欢缩略外文名字发音，如 Jerry 不是译为“杰瑞”而是“杰”，Barra 不是译为“巴拉”而是“巴”。如果电影海报、剧照无法提供有用的线索，则需要利用译制片名上网去搜索信息，往往会有所收获。但一些影响不大的译制片，互联网上几乎无人提及，于是笔者就需要去各种资料库搜寻影片上映时的电影介绍、观影感受等，甚至需要查阅电影小人书，从中找出蛛丝马迹，再去搜寻英文网站找到可能对应的原片，然后将原片的信息与译制片的信息逐条核对。一个常用的办法是寻找电影内容简介，通过剧情检索英文网站来找原片，再回过头来核对演员、导演、海报图片等信息，相互印证无误之后则可以确定究竟是哪部原片。往往查明一条译制信息可能需要耗费几天的时间，尤其是那些影响不大的片子。例如，有资料显示 1992 年长春电影制片厂译制片分厂译制了《新任司法长官》，但没有原片信息，除了片名之外没有其他线索可以找到原片，几经周折，笔者在 1992 年的一篇观影感受中看到故事梗概，于是通过剧情搜索，找到几部类似的影片，再逐一比对原片的海报、剧照和译制片的海报、剧照，最终确认原片是 1991 年 Paul Leder 导演的美国电影 *Frame Up*。再比如《兽中之王》这部电影，也属于影响不大的电影，上述各种办法笔者都用过，还是找不到原片，只好通过截取电影海报上演员图像，再利用图片检索的办法找到部分演员，然后通过演员的职业和生平介绍最后幸运地找到了原片的信息：*Beastmaster 2：Through the Portal of Time*。

资料上有记载的原片信息笔者也会去核实印证。前人资料显示，电影《致命保镖》译制自 1993 年美国影片 *The Emissary*，但海报图片与原版影片画面出入比较大，后经多方核实发现其实际译自美国 1993 年电影 *The Point of Impact*。另外，还有资料显示，1978 年上海译制片厂出了个叫《1830》的英国片子，但无论如何笔者都找不到原片是什么，所以只能将之放在附录里。但在书稿扫尾校对阶段笔者找到了《孤星血泪》的译制片，发现这部电影也是 1978 年上译出的，而且电影分三个章节，第一个章节名称就是《1830》。这时再去核对资料，发现资料上记载的配音演员和译制导演与《孤星血泪》的配音演员和译制导演基本一致,因而大体上可以判定,这两部片子是同一部电影,有可能是工作人员录入资料时误将电影第一章的章节名当作了片名。

其次是搜集译制片的信息。一些影片由于年代久远,无论是各类文献资料还是网络资源都无法找到详细的译制信息,只能将其放在附录里。例如,"文革"期间上海电影译制片厂译制了一部儿童片《铁道儿童》,它只能在其内参片目录上查到,既查不到原片名、出品国,也查不到译制日期,更查不到译制导演和配音演员。虽然最终辗转找到了原片,但译制信息依然无迹可寻。在本书校对阶段,笔者忽然无意中从上海电影译制片厂工作人员写的回忆录里找到其译制年代,在配音演员的回忆录里找到了部分配音演员和译制导演的信息。书中收录的配音演员的名字排序并没有一定之规:如果能找到详细记录,则主配排在前面,如果找不到,则按照所搜集到的资料的排序列出,或按照配音演员的名字在资料里出现的顺序来排序。

资料收集过程中的"侦探"工作并不能保证本书搜集的资料完全准确无误、全面而无遗漏。就目前的资源和个人能力水平,笔者能保证的是每个译制片资料都不遗余力最大程度尽量准确完整。本书的目的,不是为新中国成立后公映的译制片资料收集和整理工作划上句号,而是抛砖引玉,给后来的研究者提供一些线索和资料,减少大家在资料搜集方面的重复劳动,同时也提供一个蓝本,方便其他熟悉译制片的读者、研究者和译制片厂的工作人员来进行纠错、修正和补充。本书也列出了一些不止一个渠道证明其存在,但找不到足够资料来查证的条目。例如,资料上显示 1965 年上海电影译制厂译制了《愚人船》(*Ship of Fools*),但穷尽各种手段只能找到中央电视台电影频道播出的译制信息,而无法找到上海电影译制片厂的译制导演、配音演员、剧本翻译等信息,更无法确认此片是否公映。考虑到电影的译制年代,它很有可能是内参片或是内参字幕片。这类影片都放在了附录里。本书编写过程中搜集参考的各类资料,也都放在了附录里,在此一并表示感谢:没有前人资料提供的线索、没有译制片爱好者在网络上的资料分享,这部影片目录是很难编撰出来的。此外,本书在编写过程中受到上海市哲学社会科学规划课题"20 世纪中国电影汉译的规范演变研究"(2020BYY006)的资助,在此表示感谢。

第一章　1949—1966 年上映的译制片

英国电影译制片

◈ 1957

1.雾都孤儿

英文片名：*Oliver Twist*
原片分级：无
电影类型：剧情片
原片上映时间：1948 年
原片导演：David Leen
主要编剧：Charles Dickens（著），David Lean
主演：Robert Newton，Alec Guinness，Kay Walsh
原片所获奖项：第 9 届威尼斯国际电影节最佳艺术指导
译制片出品机构：上海电影译制厂
译制导演：黎海生
剧本翻译：陈叙一
部分配音演员：朱莎　程引　潘康　闻兆煌　陆英华

2.匹克威克先生外传

英文片名：*The Pickwick Papers*
原片分级：无
电影类型：喜剧片，剧情片
原片上映时间：1954 年
原片导演：Noel Langley
主要编剧：Charles Dickens（著），Noel Langley
主演：James Hayter，James Donald，Nigel Patrick
原片所获奖项：第 28 届奥斯卡金像奖彩色片最佳服装设计
译制片出品机构：上海电影译制厂
译制导演：张捷
剧本翻译：陈叙一
部分配音演员：程之　邱岳峰　中叔皇　尚华　潘康　张同凝　束夷　马骥　杨文元　李季

3.人间地狱

英文片名：*The Life and Adventures of Nicholas Nickleby*
原片分级：无
电影类型：剧情片，冒险片
原片上映时间：1947 年
原片导演：Alberto Cavalcanti
主要编剧：Charles Dickens（著），John Dighton
主演：Derek Bond，Cedric Hardwicke，Mary Merrall
译制片出品机构：长春电影制片厂
译制导演：兰馥心
剧本翻译：黎歌
部分配音演员：从连文　肖南　王健　赵双城

◈ 1958

1.王子复仇记

英文片名：*Hamlet*
原片分级：无
电影类型：剧情片
原片上映时间：1948 年
原片导演：Laurence Olivier
主要编剧：William Shakespeare（著）
主演：Laurence Olivier，Jean Simmons，John Laurie
译制片出品机构：上海电影译制厂
译制导演：陈叙一
剧本翻译：陈叙一
部分配音演员：孙道临　张同凝　程之　邱岳峰　尚华　朱莎　于鼎

2.骄傲的山谷

英文片名：*The Proud Valley*
电影类型：剧情片，音乐片
原片上映时间：1940 年
原片导演：Pen Tennyson
主要编剧：Herbert Marshall，Alfredda Brilliant
主演：Paul Robeson，Edward Chapman，Simon Lack
译制片出品机构：上海电影译制厂
部分配音演员：中叔皇　尚华　张同凝　邱岳峰　赵慎之　于鼎

3.百万英镑

英文片名：*The Million Pound Note*

原片分级：无
电影类型：喜剧片，爱情片
原片上映时间：1954 年
原片导演：Ronald Neame
主要编剧：Mark Twain（著），Jill Craigie
主演：Gregory Peck，Jane Griffiths，Ronald Squire
译制片出品机构：长春电影制片厂
译制导演：兰馥心
剧本翻译：兰馥心
部分配音演员：张玉昆　向隽殊　肖南　田种玉　白玫　马静图　车轩　孙敖

4.天堂里的笑声

英文片名：*Laughter in Paradise*
原片分级：无
电影类型：喜剧片
原片上映时间：1951 年
原片导演：Mario Zampi
主要编剧：Michael Pertwee，Jack Davies
主演：Alastair Sim，Fay Compton，Guy Middleton
译制片出品机构：长春电影制片厂
译制导演：林白
剧本翻译：黎歌
部分配音演员：车轩　程晨　从连文　黄世光

5.第三人

英文片名：*The Third Man*
原片分级：无
电影类型：黑色电影，悬疑片，惊悚片

原片上映时间：1949 年

原片导演：Carol Reed

主要编剧：Graham Greene(著)，Graham Greene

主演：Orson Welles，Joseph Cotten，Alida Valli

原片所获奖项：第 23 届奥斯卡金像奖黑白片最佳摄影，第 3 届戛纳电影节金棕榈奖

译制片出品机构：上海电影译制厂

部分配音演员：童自荣　曹雷　盖文源　杨成纯　尚华　杨晓

◈ 1961

冰海沉船

英文片名：*A Night to Remember*

原片分级：无

电影类型：人物传记，剧情片，历史片

原片上映时间：1958 年

原片导演：Royward Baker

主要编剧：Walter Lord(著)，Eric Ambler

主演：Kenneth More，Ronald Allen，Robert Ayres

原片所获奖项：第 16 届美国金球奖最佳外语片

译制片出品机构：上海电影译制厂

译制导演：苏秀

剧本翻译：朱人俊

部分配音演员：于鼎　程引　毕克　邱岳峰　尚华　富润生　王颖　陆英华　李梓　赵慎之　胡庆汉　潘我源　伍经纬　戴学庐　张同凝　时汉威　冯奇　任申　于冲　魏建　韦启昌　慕容婉儿

◈ 1962

1.鬼魂西行

英文片名：*The Ghost Goes West*
原片分级：无
电影类型：喜剧片，奇幻片，恐怖片
原片上映时间：1935 年
原片导演：René Clair
主要编剧：Eric Keown（著），René Clair，Geoffrey Kerr，Robert E.Sherwood
主演：Robert Donat，Jean Parker，Eugene Pallette
译制片出品机构：上海译制片厂
译制导演：时汉威
剧本翻译：慕容婉儿　朱人骏
部分配音演员：伍经纬　赵慎之　于鼎　潘我源　邱岳峰

2.士兵经历

英文片名：*Private's Progress*
原片分级：无
电影类型：喜剧片，战争片
原片上映时间：1956 年
原片导演：John Boulting
主要编剧：Alan Hackney（著），Frank Harvey
主演：Ian Carmichael，Ronald Adam，Henry B.Longhurst
译制片出品机构：长春电影制片厂
译制导演：陈占河
剧本翻译：黎歌
部分配音演员：陈汝斌　陈光廷　徐雁　肖南　赵双城　车轩　白玫　向隽殊

◈ 1963

1.魔盒

英文片名：*The Magic Box*
原片分级：无
电影类型：人物传记，剧情片
原片上映时间：1951 年
原片导演：John Boulting
主要编剧：Ray Allister（著），Eric Ambler
主演：Robert Donat，Maria Schell，Renée Asherson
译制片出品机构：上海电影译制厂
译制导演：胡庆汉
剧本翻译：慕容婉儿
部分配音演员：李梓　邱岳峰　毕克　刘广宁　朱莎　于鼎　潘我源　胡庆汉　戴学庐

2.罪恶之家

英文片名：*An Inspector Calls*
原片分级：无
电影类型：犯罪片，剧情片，悬疑片
原片上映时间：1954 年
原片导演：Guy Hamilton
主要编剧：J.B.Priestley，Desmond Davis
主演：Alastair Sim，Arthur Young，Olga Lindo
译制片出品机构：上海电影译制厂
部分配音演员：于鼎　李梓　毕克　刘广宁　潘我源　戴学庐

3.抗暴记

英文片名：*Conspiracy of Hearts*

原片分级：无

电影类型：剧情片，战争片

原片上映时间：1960 年

原片导演：Ralph Thomas

主要编剧：Adrian Scott（著），Robert Presnell Jr.

主演：Lilli Palmer，Sylvia Syms，Yvonne Mitchell

译制片出品机构：上海电影译制厂

译制导演：时汉威

剧本翻译：慕容婉儿

部分配音演员：朱莎　刘广宁　李梓　比克　邱岳峰　伍经纬

美国译制片

◈ 1959

社会中坚

英文片名：*Salt of the Earth*

原片分级：无

电影类型：剧情片，历史片

原片上映时间：1954 年

原片导演：Herbert Biberman

主要编剧：Michael Wilson

主演：Juan Chacón，Rosaura Revueltas，Will Geer

译制片出品机构：长春电影制片厂
译制导演：胡庆汉
剧本翻译：陈叙一
部分配音演员：张同凝　于鼎　程引　尚华　毕克　苏秀

第二章　1978—1999 年上映的译制片

英国译制片

1978

1.苦海余生

英文片名：*Voyage of the Damned*
原片分级：PG
电影类型：剧情片，战争片
原片上映时间：1976 年
原片导演：Stuart Rosenberg
主要编剧：Steve Shagan，David Butler
主演：Faye Dunaway，Oskar Werner，Lee Grant
原片所获奖项：第 34 届金球奖最佳女配角
译制片出品机构：上海电影译制厂
译制导演：胡庆汉　伍经纬
部分配音演员：丁建华　毕克　达式常　胡庆汉　富润生　杨成纯　刘广宁

2.孤星血泪

英文片名：*Great Expectations*

原片分级：无

电影类型：剧情片

原片上映时间：1974 年

原片导演：Joseph Hardy

主要编剧：Charles Dickens(著),Sherman Yellen

主演：Michael York,Sarah Miles,James Mason

译制片出品机构：上海电影译制厂

译制导演：陈叙一　孙渝烽

剧本翻译：上海电影译制厂英语翻译小组

部分配音演员：童自荣　刘广宁　富润生　胡庆汉　苏秀　邱岳峰　潘我源

3.尼罗河上的惨案

英文片名：*Death on the Nile*

原片分级：PG

电影类型：犯罪片,剧情片,悬疑片

原片上映时间：1978 年

原片导演：John Guillermin

主要编剧：Agatha Christie (著),Anthony Shaffer

主演：Peter Ustinov,Mia Farrow,Simon MacCorkindale

译制片出品机构：上海电影译制厂

译制导演：伍经纬　卫禹平

剧本翻译：上海电影译制厂英语翻译小组

部分配音演员：丁建华　赵慎之　毕克　李梓　苏秀　童自荣　刘广宁　程晓桦　乔榛　胡庆汉　邱岳峰　潘我源　于鼎

◈ 1979

1.失踪的女人

英文片名：*The Lady Vanishes*
电影类型：黑色电影，悬疑片，惊悚片
原片分级：无
原片上映时间：1938 年
原片导演：Alfred Hitchcock
主要编剧：Ethel Lina White（著），Sidney Gilliat
主演：Margaret Lockwood，Michael Redgrave，Paul Lukas
译制片出品机构：长春电影译制片厂
译制导演：林白
剧本翻译：潘耀华
部分配音演员：孙敖　刘柏弘　李真　陈汝斌　陈光廷　徐丹

2.水晶鞋与玫瑰花

英文片名：*The Slipper and the Rose*
原片分级：G
电影类型：冒险片，家庭片，奇幻片
原片上映时间：1976 年
原片导演：Bryan Forbes
主要编剧：Bryan Forbes，Robert B.Sherman
主演：Richard Chamberlain，Gemma Craven，Annette Crosbie
译制片出品机构：上海电影译制厂
译制导演：胡庆汉
剧本翻译：赵国华　叶琼　朱晓婷
部分配音演员：童自荣　丁建华　苏秀　毕克　赵慎之

1981

吉普赛少年

英文片名：*Mauro the Gypsy*
（原片系美国同名电视连续剧中的一集）
原片分级：无
电影类型：家庭片
原片上映时间：1974 年
原片导演：Laurence Henson
主要编剧：Ken Pople，Laurence Henson，Pat Latham
主演：Andrew Byatt，Victor Carin，Katy Gardiner
译制片出品机构：长春电影制片厂
译制导演：林白
剧本翻译：张杲
部分配音演员：潘淑兰　张玉昆　柏弘　玉玲

1982

1.阳光下的罪恶

英文片名：*Evil Under the Sun*
原片分级：PG
电影类型：犯罪片，剧情片，悬疑片
原片上映时间：1982 年
原片导演：Guy Hamilton
主要编剧：Anthony Shaffer
主演：Peter Ustinov，James Mason，Maggie Smith
译制片出品机构：上海电影译制厂
译制导演：毕克

剧本翻译：朱晓婷

部分配音演员：毕克　翁振新　刘广宁　曹雷　乔榛　苏秀　于鼎　童自荣　尚华　李梓　曹雷　翁振新　丁建华　盖文源　戴学庐　周瀚　施融

2.特殊的战争

英文片名：*Murphys War*

原片分级：GP

电影类型：剧情片，战争片

原片上映时间：1971 年

原片导演：Peter Yates

主要编剧：Max Catto（著），Stirling Silliphant

主演：Peter O'Toole，Siân Phillips，Philippe Noiret

译制片出品机构：长春电影制片厂

译制导演：肖南

剧本翻译：潘耀华

部分配音演员：孙敖　陈汝斌　向隽殊　陈光廷

3.新天方夜谭

英文片名：*Arabian Adventure*

原片分级：G

电影类型：奇幻片，冒险片

原片上映时间：1979 年

原片导演：Kevin Connor

主要编剧：Brian Hayles

主演：Christopher Lee，Milo O'Shea，Oliver Tobias

译制片出品机构：上海电影译制厂

译制导演：胡庆汉

剧本翻译：朱晓婷

部分配音演员：尚华　翁振新　童自荣　刘广宁　梁正晖　程晓桦　胡庆汉

4.三十九级台阶

英文片名：*The Thirty Nine Steps*

原片分级：PG

电影类型：犯罪片，历史片，悬疑片

原片上映时间：1978 年

原片导演：Don Sharp

主要编剧：John Buchan（著），Michael Robson

主演：Robert Powell，David Warner，Eric Porter

译制片出品机构：上海电影译制厂

译制导演：乔榛

剧本翻译：叶琼　朱晓婷　刘素珍

部分配音演员：童自荣　杨成纯　乔榛　尚华　翁振新　施融　王建新

5.苔丝

英文片名：*Tess*

原片分级：PG

电影类型：剧情片，爱情片

原片上映时间：1979 年

原片导演：Roman Polanski

主要编剧：Thomas Hardy（著），Gérard Brach，Roman Polanski

主演：Nastassja Kinski，Peter Firth，Leigh Lawson

原片出品国：英国/法国（作为法英合拍电影引进中国）

原片所获奖项：第 53 届奥斯卡金像奖最佳摄影、最佳艺术指导、最佳服装设计

译制片出品机构：上海电影译制厂

译制导演：胡庆汉

剧本翻译：赵国华

部分配音演员：刘广宁　童自荣　乔榛　毕克　苏秀　李梓　孙渝烽　盖文源　杨文元　尚华

译制片所获奖项：1982 年文化部优秀译制片奖

◈ 1983

1.铁面人

英文片名：*The Man in the Iron Mask*

原片分级：无

电影类型：冒险片，历史片（电视电影）

原片上映时间：1977 年

原片导演：Mike Newell

主要编剧：Alexandre Dumas（著），William Bast

主演：Richard Chamberlain，Patrick McGoohan，Louis Jourdan

原片出品国：英国/美国

译制片出品机构：上海电影译制厂

译制导演：毕克

剧本翻译：赵国华　朱晓婷　何际平　刘素珍

部分配音演员：毕克　童自荣　刘广宁　尚华　施融　乔榛　曹雷　孙丽华

2.雪地英雄

英文片名：*The Heroes of Telemark*

原片分级：无

电影类型：动作片，剧情片，历史片

原片上映时间：1965 年

原片导演：Anthony Mann

主要编剧：Ivan Moffat，Ben Barzman

主演：Kirk Douglas，Richard Harris，Ulla Jacobsson

译制片出品机构：上海电影译制厂

译制导演：毕克

剧本翻译：朱晓婷

部分配音演员：毕克　乔榛　刘广宁　尚华　童自荣　施融　杨成纯　严崇德　戴学庐于鼎　丁建华　胡庆汉　严崇德

3.海狼

英文片名：*The Sea Wolves*

原片分级：PG

电影类型：动作片，历史片，战争片

原片上映时间：1980 年

原片导演：Andrew V.Mclaglen

主要编剧：James Leasor（著），Reginald Rose

主演：Gregory Peck，Roger Moore，David Niven

原片出品国：瑞士/英国/美国（作为英国影片引进）

译制片出品机构：上海电影译制厂

译制导演：杨成纯　乔榛

剧本翻译：朱晓婷

部分配音演员：毕克　乔榛　杨成纯　丁建华　孙渝烽

◇ 1984

1.逃往雅典娜

英文片名：*Escape to Athena*

原片分级：PG

电影类型：动作片，冒险片，喜剧片

原片上映时间：1979 年

原片导演：George P.Cosmatos

主要编剧：Edwar Anhalt，Richard S.Lochte

主演：Roger Moore，Telly Savalas，David Niven

译制片出品机构：上海电影译制厂

译制导演：杨成纯

剧本翻译：赵国华

部分配音演员：杨晓　童自荣　杨成纯　曹雷　盖文源　杨建新　周瀚　翁振新

2.虎穴擒魔记（又名：谍海群英会）

英文片名：*The Quiller Memorandum*

原片分级：无

电影类型：犯罪片，剧情片，悬疑片

原片上映时间：1966 年

原片导演：Michael Anderson

主要编剧：Trevor Dudley Smith（著），Harold Pinter

主演：George Segal，Alec Guinness，Max von Sydow

译制片出品机构：上海电影译制厂

译制导演：伍经纬

剧本翻译：万培德　叶琼

部分配音演员：乔榛　尚华　程晓桦　富润生　毕克　于鼎　胡庆汉　伍经纬　赵慎之　卫禹平　童自荣　杨成纯　刘广宁　严崇德

◈ 1986

1.狮心

英文片名：*Lionheart*

电影类型：家庭片，剧情片
原片分级：无
原片上映时间：1968 年
原片导演：Michael Forlong
主要编剧：Alexander Fullerton（著），Michael Forlong
主演：James Forlong，Louise Rush，Ian Jessup
译制片出品机构：长春电影制片厂译制片分厂
译制导演：肖南
剧本翻译：任姗姗
部分配音演员：宋丽捷　徐丹　林美玉　郑万玉

2.大轮号和水手号

英文片名：*Big Wheels and Sailor*
原片分级：无
电影类型：冒险片，家庭片
原片上映时间：1979 年
原片导演：Doug Aitken
主要编剧：Annie Aitken，Doug Aitken
主演：Nigel Humphreys，Matthew Wright，Victoria Gibson
译制片出品机构：上海电影译制厂
译制导演：曹雷
剧本翻译：刘素珍
部分配音演员：丁建华　江元　刘广宁　倪蔚佳　程玉珠　杨成纯　曹雷　严崇德　施融　杨晓

3.野鹅敢死队

英文片名：*The Wild Geese*
原片分级：R
电影类型：动作片，冒险片，剧情片

原片上映时间：1978 年
原片导演：Andrew V.McLaglen
主要编剧：Daniel Carney(著),Reginald Rose
主演：Richard Burton,Roger Moore,Richard Harris
译制片出品机构：上海电影译制厂
译制导演：孙渝
剧本翻译：刘素珍
部分配音演员：乔榛　盖文源　杨成纯　施融　伍经纬　严崇德　周瀚　童自荣

4.印度之行

英文片名：*A Passage to India*
原片分级：PG
电影类型：冒险片,剧情片,历史片
原片上映时间：1984 年
原片导演：David Lean
主要编剧：E.M.Forster(著),Santha Rama Rau,David Lean
主演：Judy Davis,Victor Banerjee,Peggy Ashcroft
原片所获奖项：第 57 届奥斯卡金像奖最佳女配角、最佳原创配乐
译制片出品机构：上海电影译制厂
译制导演：胡庆汉
剧本翻译：赵国华
部分配音演员：刘广宁　伍经纬　苏秀　戴学庐　胡庆汉　童自荣

5.真假萨卢

英文片名：*The Boy Who Never Was*
原片分级：无
电影类型：惊悚片,电视电影
原片上映时间：1980 年

原片导演：Frank Godwin
主要编剧：Frank Godwin，Harry Robertson
主演：Paul Alantis，Terence Alexander，Derek Benfield
译制片出品机构：上海电影译制厂
译制导演：杨文元
剧本翻译：赵国华
部分配音演员：李梓　翁振新　程晓桦　曹雷　戴学庐　尚华

6.报警记

英文片名：*Cry Wolf*
原片分级：无
电影类型：剧情片
原片上映时间：1968 年
原片导演：John Davis
主要编剧：John Davis，Derry Quinn
主演：Anthony Kemp，Mary Burleigh，Martin Beaumont
译制片出品机构：上海电影译制厂
译制导演：杨文
剧本翻译：刘素珍
部分配音演员：李梓　丁建华　曹雷　刘广宁　童自荣　施融　杨晓

1988

1.战地情

英文片名：*Revolution*
原片分级：PG-13
电影类型：冒险片，剧情片，历史片
原片上映时间：1986 年
原片导演：Hugh Hudson

主要编剧：Robert Dillon

主演：Al Pacino，Donald Sutherland，Nastassja Kinski

原片出品国：英国/挪威

译制片出品机构：北京电影制片厂

译制导演：张桂兰　朱玉荣

剧本翻译：杨树正

部分配音演员：谭天谦　李如平　张桂兰

2.看得见风景的房间

英文片名：*A Room with a View*

原片分级：无

电影类型：剧情片，爱情片

原片上映时间：1985 年

原片导演：James Ivory

主要编剧：E.M.Forster（著），Ruth Prawer Jhabvala

主演：Maggie Smith，Helena Bonham Carter，Denholm Elliott

原片所获奖项：第 59 届奥斯卡金像奖最佳改编剧本、最佳艺术指导、最佳服装设计

译制片出品机构：上海电影译制厂

译制导演：曹雷

剧本翻译：陈叙一

部分配音演员：曹雷　狄菲菲　任伟　杨晓　沈晓谦　尚华　赵慎之　李梓　杨文元　程玉珠　张同凝　苏秀

3.内线人物

英文片名：*The inside Man*（又名 *Slagskämpen*）

原片分级：无

电影类型：悬疑片，动作片，惊悚片

原片上映时间：1984 年

原片导演：Tom Clegg

主要编剧：Harry Kullman(著),William Aldridge,Tom Clegg,Alan Plater

主演：Dennis Hopper,Hardy Krüger,Gösta Ekman

译制片出品机构：上海电影译制厂

译制翻译：朱晓婷

剧本导演：毕克

部分配音演员：尚华　乔榛　丁建华　童自荣　戴学庐　杨晓　盖文源　王建新

4.死亡约会

英文片名：*Appointment with Death*

原片分级：PG

电影类型：犯罪片,剧情片,悬疑片

原片上映时间：1988 年

原片导演：Michael Winner

主要编剧：Agatha Christie(著),Anthony Shaffer

主演：Peter Ustinov,Lauren Bacall,Carrie Fisher

译制片出品机构：上海电影译制厂

部分配音演员：刘广宁　邱岳峰　童自荣　于鼎　李梓

5.圣诞老人

英文片名：*Santa Claus*

原片分级：PG

电影类型：冒险片,家庭片,奇幻片

原片上映时间：1985 年

原片导演：Jeannot Szwarc

主要编剧：David Newman,Leslie Newman

主演：Dudley Moore,John Lithgow,David Huddleston

译制片出品机构：上海电影译制厂

译制导演：曹雷

剧本翻译：朱晓婷

部分配音演员：于鼎　富润生　李梓　乔榛　丁建华　刘广宁　沈晓谦　杨晓

1990

1.魔窟寻谍

英文片名：*Where Eagles Dare*

原片分级：PG

电影类型：动作片，冒险片，战争片

原片上映时间：1968 年

原片导演：Brian G.Hutton

主要编剧：Alistair MacLean，Alistair MacLean

主演：Richard Burton，Clint Eastwood，Mary Ure

原片出品国：英国/美国

译制片出品机构：长春电影制片厂译制片分厂

译制导演：徐雁　王瑞

剧本翻译：张杲

部分配音演员：胡连华　刘大航　金毅　陆建艺

译制片所获奖项：1990 年广播电影电视部优秀译制片奖，1990 年文化部优秀译制片奖

2.冰与火

英文片名：*Fire，Ice and Dynamite*

原片分级：PG

电影类型：动作片，喜剧片，体育运动片

原片上映时间：1990 年

原片导演：Willy Bogner

主要编剧：Willy Bogner, Tony Williamson
主演：Roger Moore, Shari Belafonte, Simon Shepherd
译制片出品机构：上海电影译制厂有限公司
译制导演：乔榛
剧本翻译：朱晓婷
部分配音演员：杨晓　丁建华　乔榛

◈ 1991

1.追寻铁证

英文片名：*Physical Evidence*
原片分级：R
电影类型：犯罪片，悬疑片，爱情片
原片上映时间：1989 年
原片导演：Michael Crichton
主要编剧：Steve Ransohoff, Bill Phillips
主演：Burt Reynolds, Theresa Russell, Ned Beatty
译制片出品机构：上海电影译制厂有限公司
部分配音演员：丁建华　乔榛　刘广宁
译制片所获奖项：1991 年广播电影电视部优秀译制片奖

2.水

英文片名：*Water*
原片分级：PG-13
电影类型：冒险片，喜剧片，剧情片
原片上映时间：1985 年
原片导演：Dick Clement
主要编剧：Dick Clement, Ian La Frenais, Bill Persky
主演：Michael Caine, Valerie Perrine, Brenda Vaccaro

译制片出品机构：上海电影译制厂有限公司
部分配音演员：盖文源　丁建华　乔榛　曹雷

1992

1.绑架

英文片名：*Cohen and Tate*
原片分级：R
电影类型：犯罪片，惊悚片
原片上映时间：1988 年
原片导演：Eric Red
主要编剧：Eric Red
主演：Roy Scheider，Adam Baldwin，Harley Cross
译制片出品机构：上海电影译制厂有限公司
译制导演：孙渝烽
剧本翻译：赵国华
部分配音演员：严崇德　程玉珠　狄菲菲　刘风

2.禁宫情妓

英文片名：*The King's Whore*
原片分级：R
电影类型：剧情片，历史片，爱情片
原片上映时间：1990 年
原片导演：Axel Corti
主要编剧：Jacques Tournier（著），Derek Marlowe，Daniel Vigne，Frederic Raphael
主演：Timothy Dalton，Valeria Golino，Stéphane Freiss
原片出品国：英国/法国/意大利/澳大利亚
译制片出品机构：上海电影译制厂有限公司

译制导演：曹雷
剧本翻译：朱晓婷
部分配音演员：乔榛　丁建华　童自荣　曹雷　翁振新　王建新　程玉珠

◈ 1993

归来吧

英文片名：*Welcome Home*
原片分级：R
电影类型：剧情片
原片上映时间：1989 年
原片导演：Franklin J.Schaffner
主要编剧：Maggie Kleinman
主演：Kris Kristofferson,JoBeth Williams,Sam Waterston
原片出品国：美国(作为英国影片在中国公映)
译制片出品机构：上海电影译制厂有限公司
译制导演：孙渝烽
剧本翻译：刘素珍
部分配音演员：沈晓谦　王建新　戴学庐　尚华　任伟　翁振新

◈ 1994

谁是凶手

英文片名：*Under Suspicion*
原片分级：R
电影类型：犯罪片，剧情片，惊悚片
原片上映时间：1991 年
原片导演：Simon Moore

主要编剧：Simon Moore

主演：Liam Neeson，Laura San Giacomo，Kenneth Cranham

译制片出品机构：上海电影译制厂有限公司

译制导演：戴学庐

剧本翻译：赵国志

部分配音演员：童自荣　丁建华　翁振新　王建新　刘风　姜玉玲　程玉珠　王洪生

1996

1.朋友圈

英文片名：*Circle of Friends*

原片分级：PG-13

电影类型：剧情片，爱情片

原片上映时间：1995 年

原片导演：Pat O'Connor

主要编剧：Maeve Binchy(著)，Andrew Davies

主演：Chris O'Donnell，Minnie Driver，Geraldine O'Rawe

原片出品国：爱尔兰/美国/英国(作为英国影片在中国公映)

译制片出品机构：上海电影译制厂有限公司

译制导演：曹雷

剧本翻译：刘素珍

部分配音演员：任伟　王静文　狄菲菲　曾丹　童自荣　程玉珠　胡平智　尚华　王建新

2.四个婚礼一个葬礼

英文片名：*Four Weddings and a Funeral*

原片分级：R

电影类型：喜剧片，剧情片，爱情片

原片上映时间：1994 年
原片导演：Mike Newell
主要编剧：Richard Curtis
主演：Hugh Grant，Andie MacDowell，James Fleet
译制片出品机构：上海电影译制厂有限公司
译制导演：丁建华
剧本翻译：赵国华
部分配音演员：程玉珠　王建新　程晓桦　严崇德　王静文　童自荣　刘钦

3.古画之谜

英文片名：*Uncovered*
原片分级：R
电影类型：惊悚片
原片上映时间：1994 年
原片导演：Jim McBride
主要编剧：Arturo Pérez-Reverte（著），Michael Hirst
主演：Kate Beckinsale，John Wood，Sinéad Cusack
原片出品国：英国/西班牙（作为英国影片在中国公映）
译制片出品机构：上海电影译制厂有限公司
译制导演：丁建华
剧本翻译：解冬
部分配音演员：武向彤　乔榛　王建新　程玉珠　刘风　童自荣　尚华　曾丹　严崇德

4.诱惑

英文片名：*Shallow Grave*
原片分级：R
电影类型：犯罪片，惊悚片

原片上映时间：1994 年
原片导演：Danny Boyle
主要编剧：John Hodge
主演：Kerry Fox，Christopher Eccleston，Ewan McGregor
译制片出品机构：上海译制片厂有限公司
译制导演：乔榛
剧本翻译：解冬
部分配音演员：王建新　程玉珠　童自荣

5.疯狗与英国人

英文片名：*Mad Dogs and Englishmen*
原片分级：R
电影类型：惊悚片，剧情片，悬疑片
原片上映时间：1995 年
原片导演：Henry Cole
主要编剧：Henry Cole，Tim Sewell
主演：Elizabeth Hurley，C.Thomas Howell，Joss Ackland
译制片出品机构：八一电影制片厂
译制导演：徐燕
剧本翻译：刘大勇
部分配音演员：廖青　吴俊全　齐杰　李立宏

◈ 1997

1.神秘大亨

英文片名：*The Associate*
原片分级：PG-13
电影类型：喜剧片
原片上映时间：1996 年

原片导演：Donald Petrie
主要编剧：Jenaro Prieto(著),Jean-Claude Carrière
主演：Whoopi Goldberg,Dianne Wiest,Eli Wallach
原片出品国：美国(作为英国影片在中国公映)
译制片出品机构：长春电影制片厂译制片分厂
译制导演：胡连华
剧本翻译：阿华
部分配音演员：崔慕燕　孙佳禾　吴永庆　赵文瑜

2.无事生非

英文片名：*Much Do about Nothing*
原片分级：PG-13
电影类型：喜剧片,剧情片,爱情片
原片上映时间：1993 年
原片导演：Kenneth Branagh
主要编剧：William Shakespeare(著),Kenneth Branagh
主演：Kenneth Branagh,Emma Thompson,Keanu Reeves
原片出品国：英国/美国(作为英国影片在中国公映)
译制片出品机构：上海电影译制厂有限公司
译制导演：伍经纬
剧本翻译：杨小石
部分配音演员：童自荣　丁建华　乔榛　汪译男　王静文　程玉珠

3.生命交响曲

英文片名：*Mr.Holland's Opus*
原片分级：PG
电影类型：剧情片,音乐片
原片上映时间：1995 年
原片导演：Stephen Herek

主要编剧：Patrick Sheane Duncan

主演：Richard Dreyfuss, Glenne Headly, Jay Thomas

译制片出品机构：上海电影译制厂有限公司

译制导演：严崇德

剧本翻译：解冬

部分配音演员：程玉珠　姜玉玲　王建新　沈晓谦　狄菲菲　胡平智　彭年

4.神人卡赞

英文片名：*Kazaam*

原片分级：PG

电影类型：喜剧片，家庭片，奇幻片

原片上映时间：1996 年

原片导演：Paul Michael Glaser

主要编剧：Paul Michael Glaser, Christian Ford

主演：Shaquille O'Neal, Francis Capra, Ally Walker

译制片出品机构：上海电影译制厂有限公司

译制导演：孙渝烽

剧本翻译：顾奇男

部分配音演员：罗港生　王静文　丁建华　童自荣　胡平智　程玉珠　程晓桦

◈ 1998

生日历险

英文片名：*The Game*

原片分级：R

电影类型：剧情片，悬疑片，惊悚片

原片上映时间：1997 年

原片导演：David Fincher
主要编剧：John Brancato，Michael Ferris
主演：Michael Douglas，Deborah Kara Unger，Sean Penn
原片出品国：美国（作为英国影片在中国公映）
译制片出品机构：上海电影译制厂有限公司
译制导演：严崇德
剧本翻译：朱晓婷
部分配音演员：乔榛　丁建华　童自荣　严崇德　胡平智　王建新　程玉珠

◈ 1999

1.狭路相逢

英文片名：*Black Dog*
原片分级：PG-13
电影类型：动作片，犯罪片，剧情片
原片上映时间：1998年
原片导演：Kevin Hooks
主要编剧：William Mickelberry，Dan Vining
主演：Patrick Swayze，Randy Travis，Meat Loaf
译制片出品机构：长影集团译制片制作有限公司
译制导演：胡连华
剧本翻译：杜桂敏
部分配音演员：胡连华　王利军　郭今非　吴尧　吴克坚　崔睦晏　徐弘岩　孟丽

2.游客的劫难

英文片名：*Lethal Tender*
原片分级：R

电影类型：动作片，惊悚片

原片上映时间：1996 年

原片导演：John Bradshaw

主要编剧：Tony Johnston

主演：Jeff Fahey，Kim Coates，Carrie-Anne Moss

原片出品国：加拿大（作为英国影片在中国公映）

译制片出品机构：长影集团译制片制作有限公司

译制导演：胡连华

剧本翻译：阿华

部分配音演员：王利军　刘大航　孟丽　胡连华

3.寄居大侠

英文片名：*The Borrower*

原片分级：PG

电影类型：冒险片，喜剧片，家庭片

原片上映时间：1997 年

原片导演：Peter Hewitt

主要编剧：Mary Norton，Gavin Scott

主演：John Goodman，Jim Broadbent，Mark Williams

原片出品国：英国/美国（作为英国影片在中国公映）

译制片出品机构：上海译制片厂有限公司

译制导演：孙渝烽

剧本翻译：赵国华

部分配音演员：沈晓谦　狄菲菲　任伟　王静文　丁建华　刘风　童自荣

4.国家的敌人

英文片名：*Enemy of the State*

原片分级：R

电影类型：动作片，惊悚片
原片上映时间：1998 年
原片导演：Tony Scott
主要编剧：David Marconi
主演：Will Smith，Gene Hackman，Jon Voight
原片出品国：美国(作为英国影片在中国上映)
译制片出品机构：上海译制片厂有限公司
译制导演：乔榛
剧本翻译：朱晓婷
部分配音演员：程玉珠　沈晓谦　丁建华　姜玉玲

5.再续前缘

英文片名：*Switching Channels*
原片分级：PG
电影类型：喜剧片，犯罪片
原片上映时间：1988 年
原片导演：Ted Kotcheff
主要编剧：Ben Hecht，Charles MacArthur，Jonathan Reynolds
主演：Kathleen Turner，Burt Reynolds，Christopher Reeve
原片出品国：美国(作为英国影片在中国公映)
译制片出品机构：上海译制片厂有限公司
译制导演：乔榛
剧本翻译：朱晓婷
部分配音演员：丁建华　沈晓谦　童自荣　程玉珠　尚华

6.伊丽莎白

英文片名：*Elizabeth*
原片分级：R
电影类型：人物传记，剧情片，历史片

原片上映时间：1998 年

原片导演：Shekhar Kapur

主要编剧：Michael Hirst

主演：Cate Blanchett，Liz Giles，Rod Culbertson

原片所获奖项：第 71 届奥斯卡金像奖最佳化妆，第 56 届金球奖最佳女主角

译制片出品机构：上海译制片厂有限公司

译制导演：严崇德

剧本翻译：赵国华

部分配音演员：丁建华　程玉珠　刘风　童自荣　尚华

7.诺丁山

英文片名：*Notting Hill*

原片分级：PG-13

电影类型：喜剧片，剧情片，爱情片

原片上映时间：1999 年

原片导演：Roger Michell

主要编剧：Richard Curtis

主演：Hugh Grant，Julia Roberts，Richard McCabe

原片出品国：英国/美国（作为英国影片在中国公映）

译制片出品机构：上海电影译制厂有限公司

译制导演：乔榛

剧本翻译：赵国华

部分配音演员：丁建华　刘风　沈晓谦　程玉珠　胡平智　戴学庐　姜玉玲　曾丹　严崇德 王建新　王肖兵　乔榛　童自荣　狄菲菲　任伟　海帆

译制片所获奖项：第 6 届华表奖优秀译制片奖

8.勇敢王子

英文片名：*Prince Valiant*

原片分级：PG-13

电影类型：冒险片，奇幻片，爱情片

原片上映时间：1997 年

原片导演：Anthony Hickox

主要编剧：Michael Frost Beckner，Hal Foster，Anthony Hickox，Carsten H. W.Lorenz

主演：Stephen Moyer，Katherine Heigl，Thomas Kretschmann

原片出品国：爱尔兰/英国/德国（作为英国影片在中国公映）

译制片出品机构：上海电影译制厂有限公司

译制导演：孙渝烽

剧本翻译：顾奇勇

部分配音演员：童自荣　沈晓谦　丁建华　狄菲菲　刘风　程玉珠　乔榛　张欣

9.第十二夜

英文片名：*Twelfth Night：Or What You Will*

原片分级：PG

电影类型：喜剧片，剧情片，爱情片

原片上映时间：1996 年

原片导演：Trevor Nunn

主要编剧：William Shakespeare（著），Trevor Nunn

主演：Helena Bonham Carter，Richard E.Grant，Imogen Stubbs

原片出品国：英国/爱尔兰/美国（作为英国影片在中国公映）

译制片出品机构：上海电影译制厂有限公司

译制导演：乔榛

剧本翻译：刘雪慰

部分配音演员：丁建华　姜玉玲　刘风　沈晓谦　程玉珠　白涛　童自荣　任伟　胡平智　王建新

10.人熊传奇

英文片名：*Grizzly Falls*
原片分级：PG
电影类型：冒险片，剧情片
原片上映时间：1999 年
原片导演：Stewart Raffill
主要编剧：Stuart Margolin，Richard Beattie
主演：Bryan Brown，Tom Jackson，Oliver Tobias
原片出品国：英国/加拿大/美国（作为加拿大影片在中国公映）
译制片出品机构：上海电影译制厂有限公司
译制导演：伍经纬
剧本翻译：顾奇勇
部分配音演员：沈晓谦　程玉珠　刘风　冯骏华　王肖兵

美国译制片

1978

1.未来世界

英文片名：*Futureworld*
原片分级：PG
电影类型：科幻片，惊悚片
原片上映时间：1976 年

原片导演：Richard T.Heffron
主要编剧：Mayo Simon,George Schenck
主演：Peter Fonda,Blythe Danner,Arthur Hill
译制片出品机构：上海电影译制厂
译制导演：陈叙一　杨成纯
剧本翻译：上海电影译制厂英语小组
部分配音演员：童自荣　李梓　邱岳峰　于鼎　胡庆汉　毕克　赵慎之　尚华

2.鹿苑长春

英文片名：*The Yearling*
原片分级：无
电影类型：剧情片,家庭片,西部片
原片上映时间：1946 年
原片导演：Clarence Brown
主要编剧：Marjorie Kinnan Rawlings(著),Paul Osborn
主演：Gregory Peck,Jane Wyman,Claude Jarman Jr.
原片所获奖项：第 4 届金球奖电影类最佳男主角,第 19 届奥斯卡金像奖最佳摄影、彩色片最佳艺术指导和室内布景
译制片出品机构：上海电影译制厂
译制导演：陈叙一
部分配音演员：毕克　李梓　刘广宁

3.恶梦

英文片名：*Nightmare in Badham County*
原片分级：R
电影类型：剧情片,惊悚片,电视电影
原片导演：John Llewellyn Moxey
原片上映时间：1976 年

主要编剧：Jo Heims

主演：Deborah Raffin, Lynne Moody, Chuck Connors

译制片出品机构：上海电影译制厂

译制导演：杨成纯

剧本翻译：叶琼　朱晓婷

部分配音演员：刘广宁　丁建华

4.摩登时代

英文片名：*Modern Times*

原片分级：无

电影类型：喜剧片，剧情片，家庭片

原片上映时间：1936 年

原片导演：Charles Chaplin

主要编剧：Charles Chaplin

主演：Charles Chaplin, Paulette Goddard, Henry Bergman

译制片出品机构：长春电影制片厂

译制导演：潘耀华

部分配音演员：陈汝斌(旁白)

5.傲慢与偏见

英文片名：*Pride and Prejudice*

原片分级：Approved

电影类型：剧情片，爱情片

原片上映时间：1940 年

原片导演：Robert Z.Leonard

主要编剧：Aldous Huxley, Jane Murfin, Jane Austen(著)

主演：Greer Garson, Laurence Olivier, Mary Boland

译制片出品机构：上海电影译制厂

译制导演：卫禹平

剧本翻译：上海外国语学院英语系教师
部分配音演员：曹雷　毕克　富润生　林彬　李梓　邱岳峰
（1975 年作为内参片译制，片名“屏开雀选”）

◈ 1979

1.城市之光

英文片名：*City Lights*
原片分级：G
电影类型：喜剧片，剧情片，爱情片
原片上映时间：1931 年
原片导演：Charles Chaplin
主要编剧：Charles Chaplin
主演：Charles Chaplin，Virginia Cherrill，Florence Lee
译制片出品机构：上海电影译制厂
译制导演：胡庆汉
剧本翻译：朱晓婷
部分配音演员：杨成纯　刘广宁　毕克

2.凡尔杜先生

英文片名：*Monsieur Verdoux*
原片分级：无
电影类型：喜剧片，犯罪片，剧情片
原片上映时间：1947 年
原片导演：Charles Chaplin
主要编剧：Charles Chaplin，Orson Welles
主演：Charles Chaplin，Mady Correll，Allison Roddan
原片所获奖项：1948 年最佳欧洲影片奖最佳美国电影，1947 年美国国家评论会奖最佳影片

译制片出品机构：上海电影译制厂

译制导演：胡庆汉

剧本翻译：赵国华　叶琼

部分配音演员：邱岳峰　刘广宁　毕克　苏秀　李梓　赵慎之　潘我源　富润生　于鼎　孙渝烽

3.发工资的日子

英文片名：*Pay Day*

原片分级：无

电影类型：喜剧片，短片

原片上映时间：1922 年

原片导演：Charles Chaplin

主要编剧：Charles Chaplin

主演：Charles Chaplin, Phyllis Allen, Mack Swain

译制片出品机构：上海电影译制厂

剧本翻译：何际平

部分配音演员：毕克(解说)

4.大独裁者

英文片名：*The Great Dictator*

原片分级：无

电影类型：喜剧片，剧情片，战争片

原片导演：Charles Chaplin

原片上映时间：1940 年

主要编剧：Charles Chaplin

主演：Charles Chaplin, Paulette Goddard, Jack Oakie

译制片出品机构：上海电影译制厂

剧本翻译：陈叙一

译制导演：卫禹平

部分配音演员：刘广宁　邱岳峰　尚华　伍经纬　富润生　于鼎

5.车队

英文片名：*Convoy*
原片分级：PG
电影类型：动作片，剧情片
原片上映时间：1978 年
原片导演：Sam Peckinpah
主要编剧：Bill Norton
主演：Kris Kristofferson，Ali MacGraw，Ernest Borgnine
译制片出品机构：上海电影译制厂
译制导演：陈叙一　乔榛
剧本翻译：陈叙一
部分配音演员：毕克　李梓　富润生　于鼎　潘我源　杨成纯　童自荣　邱岳峰　程晓华　胡庆汉

6.绅士流浪汉

英文片名：*The Gentleman Tramp*
原片分级：G
电影类型：纪录片，人物传记
原片上映时间：1976 年
原片导演：Richard Patterson
主要编剧：Richard Patterson
主演：Charles Chaplin，Jack Lemmon，Walter Matthau
译制片出品机构：长春电影制片厂
译制导演：陈汝斌
剧本翻译：傅佩珩
部分配音演员：陈汝斌　张玉昆　吴永庆　徐雁　赵文瑜　刘健魁

7.蝴蝶梦

英文片名：*Rebecca*

原片分级：Approved

电影类型：剧情片，悬疑片，爱情片

原片上映时间：1940 年

原片导演：Alfred Hitchcock

主要编剧：Daphne Du Maurier（著），Robert E.Sherwood

主演：Laurence Olivier，Joan Fontaine，George Sanders

译制片出品机构：长春电影制片厂

译制导演：李景超

剧本翻译：佟宗德

部分配音演员：陈汝斌　白玫　向隽殊　孙敖

8.田园诗

英文片名：*Sunnyside*

原片分级：无

电影类型：喜剧片，短片

原片导演：Charles Chaplin

原片上映时间：1919 年

主要编剧：Charles Chaplin

主演：Charles Chaplin，Edna Purviance，Olive Ann Alcorn

译制片出品机构：长春电影制片厂

剧本翻译：张杲

配音演员：陈汝斌

9.舞台生涯

英文片名：*Limelight*

原片分级：无
电影类型：剧情片，音乐片，爱情片
原片上映时间：1952 年
原片导演：Charles Chaplin
主要编剧：Charles Chaplin
主演：Charles Chaplin，Claire Bloom，Nigel Bruce
原片所获奖项：第 45 届奥斯卡金像奖最佳配乐
译制片出品机构：长春电影制片厂
译制导演：林白
剧本翻译：潘耀华
部分配音演员：向隽殊　陈汝斌　赵双城　吴永庆　郑万玉　陈光廷　李铧　马陋夫　徐雁　孙晓雯
译制片所获奖项：1979 年文化部优秀译制片奖

10.查理·卓别林时事讽刺剧

（无英文片名，可能系多部卓别林短片剪辑成片）
原片分级：无
原片导演：Charles Chaplin
主演：Charles Chaplin
译制片出品机构：长春电影制片厂
剧本翻译：何际平
部分配音演员：毕克　邱岳峰（解说）

11.一个国王在纽约

英文片名：*A King in New York*
原片分级：无
电影类型：喜剧片，剧情片
原片上映时间：1957 年
原片导演：Charles Chaplin

主要编剧：Charles Chaplin

主演：Charles Chaplin, Maxine Audley, Jerry Desmonde

译制片出品机构：长春电影制片厂

译制导演：林白

剧本翻译：潘耀华

部分配音演员：向隽殊　陈汝斌　陈光廷　李真　张玉昆　白玫　赵双城　潘淑兰　徐雁　郑万玉

12.淘金记

英文片名：*The Gold Rush*

原片分级：无

电影类型：冒险片，喜剧片，剧情片

原片上映时间：1925 年

原片导演：Charles Chaplin

主要编剧：Charles Chaplin

主演：Charles Chaplin, Mack Swain, Tom Murray

译制片出品机构：上海电影译制厂

译制导演：何际平

剧本翻译：何际平

部分配音演员：邱岳峰(解说)

13.蝙蝠

英文片名：*The Bat*

原片分级：无

电影类型：恐怖片，悬疑片，惊悚片

原片上映时间：1959 年

原片导演：Crane Wilbur

主要编剧：Crane Wilbur, Crane Wilbur

主演：Vincent Price, Agnes Moorehead, Gavin Gordon

译制片出品机构：上海电影译制厂
译制导演：伍经纬
剧本翻译：赵国华　何际平
部分配音演员：毕克　苏秀　邱岳峰　尚华　赵慎之　丁建华　刘广宁　童自荣　戴学庐　严崇德　于鼎　杨成纯　程晓桦

◈ 1980

1.巴黎一妇人

英文片名：*A Woman of Paris:A Drama of Fate*
原片分级：无
电影类型：剧情片，爱情片
原片上映时间：1923 年
原片导演：Charles Chaplin
主要编剧：Charles Chaplin
主演：Edna Purviance，Clarence Geldart，Carl Miller
译制片出品机构：上海电影译制厂
译制导演：孙渝烽
剧本翻译：朱晓婷
配音演员：苏秀　童自荣　毕克　赵慎之

2.马戏团

英文片名：*The Circus*
原片分级：无
电影类型：喜剧片，爱情片
原片上映时间：1928 年
原片导演：Charles Chaplin
主要编剧：Charles Chaplin
主演：Charles Chaplin，Merna Kennedy，Al Ernest Garcia

原片所获奖项：第1届奥斯卡金像奖终身成就奖(卓别林)
译制片出品机构：上海电影译制厂
译制导演：孙渝烽
剧本翻译：刘素珍
部分配音演员：邱岳峰　尚华　程晓桦

3.欢乐的一天

英文片名：*A Day's Pleasure*
原片分级：无
电影类型：短片，喜剧片
原片导演：Charles Chaplin
原片上映时间：1919年
主要编剧：Charles Chaplin
主演：Charles Chaplin, Edna Purviance, C. Allen
译制片出品机构：上海电影译制厂
译制导演：龚政明
剧本翻译：刘素珍
部分配音演员：邱岳峰(解说)

4.摩羯星一号

英文片名：*Capricorn One*
原片分级：PG
电影类型：动作片，惊悚片
原片上映时间：1977年
原片导演：Peter Hyams
主要编剧：Peter Hyams
主演：Elliott Gould, James Brolin, Brenda Vaccaro
译制片出品机构：长春电影制片厂
译制导演：肖男

剧本翻译：王传智

部分配音演员：孙敖　张玉昆　向隽殊　徐雁

◈ 1981

血战大西洋

英文片名：*Action in the North Atlantic*

原片分级：Passed

电影类型：动作片，剧情片，战争片

原片上映时间：1943 年

原片导演：Lloyd Bacon，Raoul Walsh，Byron Haskin

主要编剧：John Howard Lawson，Guy Gilpatric

主演：Humphrey Bogart，Raymond Massey，Alan Hale

译制片出品机构：八一电影制片厂

译制导演：陈新资

部分配音演员：吴俊全　刘龙　于纯棉　严小朋

◈ 1982

冰峰抢险队

英文片名：*High Ice*

原片分级：无

电影类型：冒险片，剧情片，家庭片，电视电影

原片上映时间：1980 年

原片导演：Eugene S.Jones

主要编剧：Sy Gomberg，Eugene S.Jones

主演：David Janssen，Tony Musante，Madge Sinclair

译制片出品机构：上海电影译制厂

译制导演：孙渝烽

剧本翻译：赵国华

部分配音演员：杨文元　尚华　曹雷　盖文源　程晓桦　翁振新　王建新　施融　童自荣

◈ 1983

1.挪威之歌

英文片名：*Song of Norway*

原片分级：G

电影类型：人物传记，剧情片，音乐片

原片上映时间：1970 年

原片导演：Andrew L.Stone

主要编剧：Homer Curran，Milton Lazarus

主演：Florence Henderson，Toralv Maurstad，Christina Schollin

译制片出品机构：上海电影译制厂

译制导演：乔榛

剧本翻译：叶琼　刘素珍　何际平

部分配音演员：乔榛　丁建华　王建新　施融　翁振新　毕克

2.情暖童心

英文片名：*Touched by Love*

原片分级：PG

电影类型：剧情片

原片上映时间：1980 年

原片导演：Gus Trikonis

主要编剧：Lena Canada（著），Hesper Anderson

主演：Deborah Raffin，Diane Lane，Michael Learned

译制片出品机构：上海电影译制厂

译制导演：伍经纬

部分配音演员：刘广宁　丁建华　曹雷

3.爱德华大夫

英文片名：*Spellbound*
原片分级：Approved
电影类型：黑色电影，悬疑片，爱情片
原片上映时间：1945 年
原片导演：Alfred Hitchcock
主要编剧：John Palmer（著），Ben Hecht
主演：Ingrid Bergman，Gregory Peck，Michael Chekhov
原片所获奖项：第 18 届奥斯卡金像奖最佳原创音乐
译制片出品机构：上海电影译制厂
译制导演：杨成纯
部分配音演员：乔榛　曹雷　尚华　杨成纯　童自荣　翁振新　程晓桦　严崇德

1984

1.胜利大逃亡

英文片名：*Victory*
原片分级：PG
电影类型：剧情片，体育运动片，战争片
原片上映时间：1981 年
原片导演：John Huston
主要编剧：Yabo Yablonsky，Djordje Milicevic，Evan Jones，Jeff Maguire
主演：Michael Caine，Sylvester Stallone，Pelé
译制片出品机构：上海电影译制厂
译制导演：杨成纯
剧本翻译：赵国华　朱晓婷　刘素珍　何际平

部分配音演员：杨成纯　盖文源　尚华　于鼎　翁振新　严崇德　戴学庐　童自荣　伍经纬

译制片所获奖项：1984 年文化部优秀译制片奖

2.哈里之战

英文片名：*Harry's War*

原片分级：PG

电影类型：喜剧片，剧情片

原片上映时间：1981 年

原片导演：Kieth Merrill

主要编剧：Kieth Merrill

主演：Edward Herrmann，Geraldine Page，Karen Grassle

译制片出品机构：长春电影制片厂

译制导演：肖南

剧本翻译：潘耀华　张杲

部分配音演员：陈汝斌　向隽殊　李真　孙敖　潘淑兰　徐丹　张玉昆　赵双成　高凤新　吴永庆　徐雁　苑晓君　徐红岩　彭勃

3.非法越境者

英文片名：*Alambrista*！

原片分级：无

电影类型：冒险片，剧情片

原片上映时间：1977 年

原片导演：Robert M.Young

主要编剧：Robert M.Young

主演：Domingo Ambriz，Trinidad Silva，Linda Gillen

译制片出品机构：上海电影译制厂

译制导演：伍经纬

剧本翻译：范杰

部分配音演员：杨晓　童自荣　程晓桦　尚华　翁振新

4.维拉

英文片名：*Willa*
原片分级：无
电影类型：剧情片，电视电影
原片上映时间：1979 年
原片导演：Joan Darling，Claudio Guzmán
主要编剧：Carmen Culver
主演：Deborah Raffin，Clu Gulager，Diane Ladd
译制片出品机构：上海电影译制厂
译制导演：杨成纯
剧本翻译：朱晓婷　何际平
部分配音演员：丁建华　尚华　李梓　苏秀　程晓桦　于鼎

5.游侠传奇

英文片名：*The Legend of the Lone Ranger*
原片分级：PG
电影类型：动作片，冒险片，西部片
原片上映时间：1981 年
原片导演：William A.Fraker
主要编剧：Ivan Goff，Ben Roberts
主演：Klinton Spilsbury，Michael Horse，Christopher Lloyd
译制片出品机构：上海电影译制厂
译制导演：胡庆汉
剧本翻译：朱晓婷
部分配音演员：乔榛　程玉珠　童自荣　丁建华　严崇德
翁振新

◈ 1985

1.弗兰西斯

英文片名：*Frances*
原片分级：R
电影类型：人物传记，剧情片，爱情片
原片上映时间：1982 年
原片导演：Graeme Clifford
主要编剧：Eric Bergren，Christopher De Vore
主演：Jessica Lange，Sam Shepard，Kim Stanley
译制片出品机构：长春电影制片厂译制片分厂
译制导演：肖南
剧本翻译：张杲　任姗姗
部分配音演员：孙佳禾　潘淑兰　毕辉　刘雪婷　张玉坤　林美玉
译制片所获奖项：1985 年广播电影电视部优秀译制片奖，1985 年文化部优秀译制片奖

2.勇士的心愿

英文片名：*The Terry Fox Story*
原片分级：无
电影类型：人物传记，剧情片，体育运动片，电视电影
原片上映时间：1983 年
原片导演：Ralph L.Thomas
主要编剧：John Kastner，Rose Kastner
主演：Eric Fryer，Robert Duvall，Chris Makepeace
译制片出品机构：长春电影制片厂译制片分厂
译制导演：肖南
剧本翻译：任姗姗　张杲

部分配音演员：王瑞　孙佳禾　徐丹　刘柏弘　潘淑兰　韩松

3.温柔的怜悯

英文片名：*Tender Mercies*
原片分级：PG
电影类型：剧情片，音乐片
原片上映时间：1983 年
原片导演：Bruce Beresford
主要编剧：Horton Foote
主演：Robert Duvall，Tess Harper，Betty Buckley
译制片出品机构：上海电影译制厂
译制导演：毕克
剧本翻译：朱晓婷
部分配音演员：尚华　刘广宁　曹雷　翁振新　程晓华　丁建华　童自荣

4.枪手哈特

英文片名：*Comin'at Ya*！
原片分级：R
电影类型：西部片
原片上映时间：1981 年
原片导演：Ferdinando Baldi
主要编剧：Wolfe Lowenthal，Lloyd Battista
主演：Tony Anthony，Gene Quintano，Victoria Abril
译制片出品机构：上海电影译制厂
译制导演：孙渝烽
剧本翻译：赵国华
部分配音演员：乔榛　丁建华　严崇德　盖文源　戴学庐

5.第一滴血

英文片名：*First Blood*

原片分级：R

电影类型：动作片，冒险片

原片上映时间：1982 年

原片导演：Ted Kotcheff

主要编剧：David Morrell（著），Michael Kozoll

主演：Sylvester Stallone，Brian Dennehy，Richard Crenna

译制片出品机构：上海电影译制厂

译制导演：杨成纯

剧本翻译：朱晓婷

部分配音演员：乔臻　毕克　尚华　杨成纯　于鼎

6.十字小溪

英文片名：*Cross Creek*

原片分级：PG

电影类型：人物传记，剧情片，爱情片

原片上映时间：1983 年

原片导演：Martin Ritt

主要编剧：Marjorie Kinnan Rawlings（著），Dalene Young

主演：Mary Steenburgen，Rip Torn，Peter Coyote

译制片出品机构：长春电影制片厂译制片分厂

译制导演：肖南

剧本翻译：潘耀华

部分配音演员：向隽殊　孙敖　陈汝斌　潘淑兰　徐丹　宋丽捷　李真　吴永庆　郑万玉　林美玉　高风新　孙佳禾

◈ 1986

1.波托马克河上的悲剧

英文片名：*Flight 90：Disaster on the Potomac*
原片分级：无
电影类型：剧情片
原片上映时间：1984 年
原片导演：Robert Michael Lewis
主要编剧：John McGreevey
主演：Jeannetta Arnette，Barry Corbin，Stephen Macht
译制片出品机构：长春电影制片厂译制片分厂
译制导演：徐雁
剧本翻译：张杲
部分配音演员：宋丽捷　刘雪婷　赵文瑜　王瑞

2.大轮号和水手号

英文片名：*Big Wheels and Sailor*
原片分级：无
电影类型：冒险片，家庭片
原片上映时间：1979 年
原片导演：Doug Aitken
主要编剧：Annie Aitken，Doug Aitken
主演：Nigel Humphreys，Matthew Wright，Victoria Gibson
译制片出品机构：上海电影译制厂
译制导演：曹雷
剧本翻译：刘素珍
部分配音演员：丁建华　江元　刘广宁　倪蔚佳　程玉珠　杨成纯　曹雷　严崇德　施融　杨晓

3.一个酋长的胜利

英文片名：*Triumphs of a Man Called Horse*

原片分级：PG

电影类型：西部片

原片上映时间：1983 年

原片导演：John Hough

主要编剧：Dorothy M.Johnson（著），Jack DeWitt

主演：Richard Harris，Michael Beck，Ana De Sade

译制片出品机构：上海电影译制厂

译制导演：胡庆汉

剧本翻译：刘素珍

部分配音演员：胡庆汉　施融　丁建华　童自荣　孙丽华　戴学庐　于鼎　杨文元

4.温莎行动计划

英文片名：*To Catch a King*

原片分级：无

电影类型：惊悚片，剧情片，电视电影

原片上映时间：1984 年

原片导演：Clive Donner

主要编剧：Jack Higgins（著），Roger O.Hirson

主演：Robert Wagner，Teri Garr，Horst Janson

译制片出品机构：上海电影译制厂

译制导演：伍经纬

剧本翻译：何际平

部分配音演员：乔榛　刘广宁　施融　戴学庐　王建新　杨文元　程晓桦

5.斯巴达克思(上、下集)

英文片名：*Spartacus*

原片分级：PG-13

(原片系一部三个多小时长片,未分上、下集)

电影类型：冒险片,人物传记,剧情片

原片上映时间：1960 年

原片导演：Stanley Kubrick

主要编剧：Dalton Trumbo,Howard Fast

主演：Kirk Douglas,Laurence Olivier,Jean Simmons

原片所获奖项：第 33 届奥斯卡金像奖最佳男配角、彩色片最佳摄影

译制片出品机构：上海电影译制厂

译制导演：曹雷

剧本翻译：朱晓婷

部分配音演员：盖文源　刘广宁　富润生　乔榛　于鼎　童自荣　翁振新　尚华　杨成纯　程玉珠　李梓　丁建华　杨晓　孙渝烽　沈晓谦　胡庆汉　杨文元　伍经纬　任伟

译制片所获奖项：1987 年广播电影电视部优秀译制片奖

6.无腿先生

英文片名：*Mr.No Legs*

原片分级：R

电影类型：动作片,剧情片

原片上映时间：1979 年

原片导演：Ricou Browning

主要编剧：Jack Cowden

主演：Richard Jaeckel,Ron Slinker,Lloyd Bochner

译制片出品机构：上海电影译制厂

译制导演：孙渝烽

剧本翻译：何际平

部分配音演员：施融　杨晓　戴学庐　程玉珠　程晓桦　伍经纬　尚华　童自荣　孙丽华

7.创奇者

英文片名：*The Miracle Worker*

原片分级：无

电影类型：剧情片，电视电影

原片上映时间：1979 年

原片导演：Paul Aaron

主要编剧：William Gibson

主演：Patty Duke，Diana Muldaur，Charles Siebert

译制片出品机构：上海电影译制厂

译制导演：伍经纬

剧本翻译：何际平

部分配音演员：曹雷　乔榛　刘广宁　施融　程晓桦

8.超人

英文片名：*Superman*

原片分级：PG

电影类型：动作片，冒险片，剧情片

原片上映时间：1978 年

原片导演：Richard Donner

主要编剧：Jerry Siegel，Joe Shuster

主演：Christopher Reeve，Margot Kidder，Gene Hackman

译制片出品机构：上海电影译制厂

译制导演：曹雷

剧本翻译：朱晓婷

部分配音演员：施融　丁建华　于鼎　杨成纯　尚华　杨文元

9.误解

英文片名：*Misunderstood*
原片分级：PG
电影类型：剧情片
原片上映时间：1984 年
原片导演：Jerry Schatzberg
主要编剧：Florence Montgomery（著），Barra Grant
主演：Gene Hackman，Henry Thomas，Rip Torn
译制片出品机构：上海电影译制厂
译制导演：杨文元
剧本翻译：何际平
部分配音演员：富润生　丁建华　尚华　程晓桦　曹雷

10.翌日

英文片名：*The Day After*
原片分级：TV-PG
电影类型：剧情片，科幻片，电视电影
原片上映时间：1983 年
原片导演：Nicholas Meyer
主要编剧：Edward Hume
主演：Jason Robards，JoBeth Williams，Steve Guttenberg
译制片出品机构：上海电影译制厂
译制导演：伍经纬
剧本翻译：赵国华
部分配音演员：戴学庐　施融　盖文源　丁建华　童自荣　李梓　程玉珠　曹雷　刘广宁　程晓桦

11.灵与肉

英文片名：*Body and Soul*
原片分级：R
电影类型：剧情片，体育运动片
原片上映时间：1981 年
原片导演：George Bowers
主要编剧：Leon Isaac Kennedy，Abraham Polonsky
主演：Leon Isaac Kennedy，Jayne Kennedy，Perry Lang
译制片出品机构：北京电影学院青年电影制片厂
部分配音演员：张桂兰　谭天谦

◈ 1987

1.超人（第二集）

英文片名：*Superman II*
原片分级：PG
电影类型：动作片，冒险片，科幻片
原片上映时间：1980 年
原片导演：Richard Donner，Richard Lester
主要编剧：Jerry Siegel，Joe Shuster
主演：Gene Hackman，Christopher Reeve，Margot Kidder
译制片出品机构：上海电影译制厂
译制导演：曹雷
剧本翻译：朱晓婷
部分配音演员：童自荣　丁建华　翁振新　刘广宁　杨成纯

2.罗马假日

英文片名：*Roman Holiday*
原片分级：无
电影类型：喜剧片，爱情片
原片上映时间：1953 年
原片导演：William Wyler
主要编剧：Ian McLellan Hunter，John Dighton
主演：Gregory Peck，Audrey Hepburn，Eddie Albert
译制片出品机构：长春电影制片厂译制片分厂
译制导演：肖南
剧本翻译：申葆青
部分配音演员：陆建艺　金毅　胡连华　徐丹
译制片所获奖项：1987 年广播电影电视部优秀译制片奖

3.劫后良缘

英文片名：*Forbidden*
原片分级：PG-13
电影类型：剧情片，爱情片，战争片
原片上映时间：1984 年
原片导演：Anthony Page
主要编剧：Leonard Gross，Leonard Gross
主演：Jacqueline Bisset，Jürgen Prochnow，Irene Worth
原片出品国：联邦德国/美国/英国(作为美国影片在中国公映)
译制片出品机构：长春电影制片厂译制片分厂
译制导演：肖南
剧本翻译：张杲
部分配音演员：胡连华　刘雪婷　潘淑兰　张玉昆

4.父母双全的孤女

英文片名：*Irreconcilable Differences*
原片分级：PG
电影类型：喜剧片，剧情片，爱情片
原片上映时间：1984 年
原片导演：Charles Shyer
主要编剧：Nancy Meyers，Charles Shyer
主演：Ryan O'Neal，Shelley Long，Drew Barrymore
译制片出品机构：长春电影译制厂译制片分厂
译制导演：肖南
剧本翻译：张果
部分配音演员：王瑞　金毅　刘久久　宋丽捷

5.爱情故事

英文片名：*Love Story*
原片分级：PG
电影类型：剧情片，爱情片
原片上映时间：1970 年
原片导演：Arthur Hiller
主要编剧：Erich Segal
主演：Ali MacGraw，Ryan O'Neal，John Marley
译制片出品机构：北京电影学院青年电影制片厂
译制导演：张桂兰
部分配音演员：谭天谦　朱玉荣　劳力　张桂兰

◈ 1988

1.相见时难

英文片名：*A Long Way Home*
原片分级：无
电影类型：剧情片;电视电影
原片上映时间：1981 年
原片导演：Robert Markowitz
主要编剧：Dennis Nemec
主演：Timothy Hutton,Brenda Vaccaro,Rosanna Arquette
译制片出品机构：长春电影制片厂译制片分厂
译制导演：肖南
剧本翻译：任姗姗
部分配音演员：张雷　林美玉　崔慕燕　张玉昆

2.奥林传奇

英文片名：*Starchaser：The Legend of Orin*
原片分级：PG
电影类型：动画片,动作片,冒险片
原片上映时间：1985 年
原片导演：Steven Hahn
主要编剧：Jeffrey Scott
主演：Joe Colligan,Carmen Argenziano,Noelle North
译制片出品机构：上海电影译制厂
译制导演：杨文元
剧本翻译：朱晓婷
部分配音演员：童自荣　戴学庐　杨晓　刘广宁　沈晓谦　狄菲菲　王建新　尚华　程晓桦

3.神射手

英文片名：*Hotshot*

原片分级：PG

电影类型：剧情片，体育运动片

原片上映时间：1986 年

原片导演：Rick King

主要编剧：Ray Errol Fox，Bill Guttentag

主演：Jim Youngs，Pelé，Billy Warlock

译制片出品机构：上海电影译制厂

译制导演：杨文元

剧本翻译：赵国华

部分配音演员：杨晓　盖文源　翁振新　鲁俊　崔杰　乔榛　伍经纬　程玉珠　严崇德　尚华

◈ 1989

1.地震

英文片名：*Earthquake*

原片分级：PG

电影类型：动作片，剧情片，惊悚片

原片上映时间：1974 年

原片导演：Mark Robson

主要编剧：George Fox，Mario Puzo

主演：Charlton Heston，Ava Gardner，George Kennedy

原片所获奖项：第 47 届奥斯卡金像奖最佳音响效果

译制片出品机构：上海电影译制厂

译制导演：乔榛

剧本翻译：赵国华

部分配音演员：乔榛　曹雷　翁振新　杨文元　丁建华　尚华　程玉珠　严崇德　于鼎　程晓桦

2.浪峰上的爱

英文片名：*Windrider*
原片分级：R
电影类型：剧情片，爱情片
原片上映时间：1986年
原片导演：Vincent Monton
主要编剧：Everett De Roche，Bonnie Harris
主演：Tom Burlinson，Nicole Kidman，Jill Perryman
译制片出品机构：北京电影制片厂
译制导演：许同均
剧本翻译：蒋奔宁
部分配音演员：周庆瑜　徐燕　田二喜

3.截击偷天人

英文片名：*Sky Pirates*
原片分级：PG-13
电影类型：冒险片，科幻片
原片上映时间：1986年
原片导演：Colin Eggleston
主要编剧：John D.Lamond，Rob Mowbray
主演：John Hargreaves，Meredith Phillips，Max Phipps
译制片出品机构：北京电影制片厂
译制导演：许同均
剧本翻译：朱晓婷
部分配音演员：周庆瑜　张长水　彭河　盖文革

4.太空险航

英文片名：*Space Camp*

原片分级：PG

电影类型：冒险片，家庭片，科幻片

原片上映时间：1986 年

原片导演：Harry Winer

主要编剧：Clifford Green，Casey T.Mitchell

主演：Kate Capshaw，Lea Thompson，Kelly Preston

译制片出品机构：北京电影制片厂

译制导演：朱玉荣

剧本翻译：李洁修

部分配音演员：谭天谦　张桂兰　蔡明　曹翠芬

5.无处藏身

英文片名：*Nowhere to Hide*

原片分级：R

电影类型：动作片，惊悚片

原片上映时间：1987 年

原片导演：Mario Azzopardi

主要编剧：George Goldsmith，Alex Rebar

主演：Amy Madigan，Daniel Hugh Kelly，Robin MacEachern

译制片出品机构：北京电影制片厂

译制导演：朱玉荣

剧本翻译：赖秋云

部分配音演员：张桂兰　袁鹤禄　鲍国安　车晓彤

6.血洗乐园

英文片名：*Westworld*

原片分级：PG

电影类型：动作片，科幻片，惊悚片

原片上映时间：1973年

原片导演：Michael Crichton

主要编剧：Michael Crichton

主演：Yul Brynner，Richard Benjamin，James Brolin

译制片出品机构：长春电影制片厂译制片分厂

译制导演：肖南

剧本翻译：任姗姗

部分配音演员：王瑞　陆建艺　孙敖　孙佳禾

7.出水芙蓉

英文片名：*Bathing Beauty*

原片分级：无

电影类型：喜剧片，音乐片

原片上映时间：1944年

原片导演：George Sidney

主要编剧：Kenneth Earl，M.M.Musselman

主演：Red Skelton，Esther Williams，Basil Rathbone

译制片出品机构：上海电影译制厂

译制导演：孙渝烽

剧本翻译：朱晓婷

部分配音演员：杨晓　王建新　童自荣　王玮　丁建华　曹雷　王伟

8.炎热的夏夜

英文片名：*In the Heat of the Night*
原片分级：无
电影类型：犯罪片，剧情片，悬疑片
原片上映时间：1967 年
原片导演：Norman Jewison
主要编剧：John Ball（著），Stirling Silliphant
主演：Sidney Poitier，Rod Steiger，Warren Oates
原片所获奖项：第 40 届奥斯卡金像奖最佳影片、最佳男主角
译制片出品机构：上海电影译制厂
译制导演：孙渝烽
剧本翻译：刘素珍
部分配音演员：乔榛　盖文源　沈晓谦　程晓桦　程玉珠　杨文元

9.谜中之谜

英文片名：*Charade*
原片分级：无
电影类型：喜剧片，悬疑片，爱情片
原片上映时间：1963 年
原片导演：Stanley Donen
主要编剧：Peter Stone
主演：Cary Grant，Audrey Hepburn，Walter Matthau
译制片出品机构：上海电影译制厂
译制导演：毕克
剧本翻译：朱晓婷
部分配音演员：毕克　丁建华　乔榛　程玉珠　杨文元　尚华
译制片所获奖项：1988 年广播电影电视部优秀译制片奖

10.健儿春色

英文片名：*American Anthem*
原片分级：PG-13
电影类型：剧情片，体育运动片
原片上映时间：1986 年
原片导演：Albert Magnoli
主要编剧：Evan Archerd
主演：Mitchell Gaylord，Tiny Wells，Janet Jones
译制片出品机构：上海电影译制厂
译制导演：孙渝烽
剧本翻译：何际平
部分配音演员：杨晓　丁建华　王建新　乔榛　翁振新

11.谍影疑云

英文片名：*North by Northwest*
原片分级：无
电影类型：冒险片，悬疑片，惊悚片
原片上映时间：1959 年
原片导演：Alfred Hitchcock
主要编剧：Ernest Lehman
主演：Cary Grant，Eva Marie Saint，James Mason
译制片出品机构：上海电影译制厂
译制导演：乔榛
剧本翻译：赵国华
部分配音演员：丁建华　乔榛　沈晓谦

12.霹雳舞

英文片名：*Breakin*
原片分级：PG
电影类型：喜剧片，剧情片，音乐片
原片上映时间：1984 年
原片导演：Joel Silberg
主要编剧：Charles Parker，Allen DeBevoise
主演：Lucinda Dickey，Adolfo Quinones，Michael Chambers
译制片出品机构：上海电影译制厂
译制导演：曹雷
剧本翻译：刘素珍
部分配音演员：丁建华　施融　杨晓　杨成纯　程玉珠　童自荣

13.故乡行

英文片名：*The Trip to Bountiful*
原片分级：PG
电影类型：剧情片
原片上映时间：1985 年
原片导演：Peter Masterson
主要编剧：Horton Foote
主演：Geraldine Page，John Heard，Carlin Glynn
原片所获奖项：第 58 届奥斯卡金像奖最佳女主角
译制片出品机构：上海电影译制厂
译制导演：乔榛
剧本翻译：赵国华
部分配音演员：苏秀　程晓桦　杨晓　丁建华　翁振新　程晓谦

14.小飞象

英文片名：*Dumbo*
原片分级：G
电影类型：动画片，剧情片，家庭片
原片上映时间：1941 年
原片导演：Samuel Armstrong；Norman Ferguson
主要编剧：Joe Grant，Dick Huemer
主演：Sterling Holloway，Edward Brophy，Herman Bing
原片所获奖项：第 14 届奥斯卡金像奖歌舞片最佳配乐
译制片出品机构：不详
部分配音演员：于正升　陈美贞　李香生　官志宏　王景平　官志宏

◈ 1990

1.福尔摩斯外传

英文片名：*Without a Clue*
原片分级：PG
电影类型：喜剧片，犯罪片，悬疑片
原片上映时间：1988 年
原片导演：Thom Eberhardt
主要编剧：Gary Murphy，Larry Strawther
主演：Michael Caine，Ben Kingsley，Jeffrey Jones
译制片出品机构：上海电影译制厂有限公司
译制导演：曹雷
剧本翻译：陈叙一
部分配音演员：乔榛　沈晓谦　杨晓　丁建华

2.天使在人间

英文片名：*Date with an Angel*
原片分级：PG
电影类型：喜剧片，奇幻片，爱情片
原片上映时间：1987 年
原片导演：Tom McLoughlin
主要编剧：Tom McLoughlin
主演：Michael E.Knight，Phoebe Cates，Emmanuelle Béart
译制片出品机构：北京电影制片厂
译制导演：史林
剧本翻译：舒豫
部分配音演员：谭天谦　张桂兰　李野墨　谢钢

3.铁血警探

英文片名：*Madigan*
原片分级：TV-14
电影类型：犯罪片，剧情片，惊悚片，电视电影
原片上映时间：1968 年
原片导演：Don Siegel
主要编剧：Howard Rodman，Abraham Polonsky
主演：Richard Widmark，Henry Fonda，Inger Stevens
译制片出品机构：上海电影译制厂有限公司
译制导演：乔榛
剧本翻译：赵国华
部分配音演员：杨晓　乔榛　丁建华　程玉珠　尚华　曹雷　沈晓谦　严崇德

4.地狱猎手

英文片名：*Hell Hunters*
原片分级：无
电影类型：动作片，恐怖片
原片上映时间：1989年
原片导演：Ernst R.von Theumer
主要编剧：James Dalessandro，Louis LaRusso II
主演：Maud Adams，Stewart Granger，Candice Daly
译制片出品机构：上海电影译制厂有限公司
部分配音演员：丁建华　王玮　刘广宁　翁振新　狄菲菲　尚华

5.昏迷

英文片名：*Coma*
原片分级：PG
电影类型：剧情片，恐怖片，悬疑片
原片上映时间：1978年
原片导演：Michael Crichton
主要编剧：Robin Cook（著），Michael Crichton
主演：Michael Douglas，Rip Torn，Geneviève Bujold
译制片出品机构：上海电影译制厂有限公司
译制导演：毕克
部分配音演员：丁建华　童自荣　乔榛　翁振新　曹雷　戴学庐　王玮　杨晓　刘风　王建新　尚华　毕克

6.天堂窃情

英文片名：*Stealing Heaven*
原片分级：R

电影类型：剧情片，历史片，爱情片
原片上映时间：1988 年
原片导演：Clive Donner
主要编剧：Marion Meade（著），Chris Bryant
主演：Derek de Lint，Kim Thomson，Denholm Elliott
译制片出品机构：北京电影制片厂
译制导演：朱玉荣
剧本翻译：文迪
部分配音演员：谭天谦　蔡明　车晓彤

7.梦境

英文片名：*Dreamscape*
原片分级：PG-13
电影类型：动作片，冒险片，恐怖片
原片上映时间：1984 年
原片导演：Joseph Ruben
主要编剧：David Loughery，David Loughery
主演：Dennis Quaid，Max von Sydow，Christopher Plummer
译制片出品机构：北京电影制片厂
译制导演：朱玉荣
剧本翻译：王定一
部分配音演员：张桂兰　谭天谦　于立文

8.疯狂决斗

英文片名：*Duel*
原片分级：PG
电影类型：动作片，惊悚片，电视电影
原片上映时间：1971 年
原片导演：Steven Spielberg

主要编剧：Richard Matheson
主演：Dennis Weaver,Jacqueline Scott,Eddie Firestone
译制片出品机构：长春电影制片厂译制片分厂
译制导演：徐雁
剧本翻译：张杲
部分配音演员：王瑞　刘大航　赵文瑜　胡连华

9.电视风云

英文片名：*Network*
原片分级：R
电影类型：剧情片
原片上映时间：1976 年
原片导演：Sidney Lumet
主要编剧：Paddy Chayefsky
主演：Faye Dunaway,William Holden,Peter Finch
译制片出品机构：长春电影制片厂译制片分厂
译制导演：孙敖
剧本翻译：任姗姗
部分配音演员：王瑞　刘雪婷　陆建艺　胡连华

1991

1.傻妹闯七关

英文片名：*Foul Play*
原片分级：PG
电影类型：喜剧片,悬疑片,惊悚片
原片上映时间：1978 年
原片导演：Colin Higgins
主要编剧：Colin Higgins

主演：Goldie Hawn，Chevy Chase，Burgess Meredith
译制片出品机构：长春电影制片厂译制片分厂
译制导演：王瑞
剧本翻译：任姗姗
部分配音演员：孙佳禾　刘雪婷　杨培松　崔慕燕

2.新任司法长官

英文片名：*Frame Up*
原片分级：R
电影类型：动作片，剧情片，惊悚片
原片上映时间：1991 年
原片导演：Paul Leder
主要编剧：Reuben Leder
主演：Wings Hauser，Bobby Di Cicco，Heather Fairfield
译制片出品机构：长春电影制片厂译制片分厂
译制导演：孙敖
剧本翻译：裘庭
部分配音演员：胡连华　陆建艺　王瑞　邓小鸥

3.过关斩将

英文片名：*The Running Man*
原片分级：R
电影类型：动作片，科幻片，惊悚片
原片上映时间：1987 年
原片导演：Paul Michael Glaser
主要编剧：Stephen King（著），Steven E.de Souza
主演：Arnold Schwarzenegger，Maria Conchita Alonso，Yaphet Kotto
译制片出品机构：上海电影译制厂有限公司
译制导演：曹雷　严崇德

剧本翻译：赵国华

部分配音演员：王玮　姜玉玲　杨晓　尚华　程玉珠　童自荣　乔榛　狄菲菲　翁振新　刘风　任伟　丁建华　杨文元　严崇德　曹雷　程晓桦

4.红衣女郎

英文片名：*The Woman in Red*

原片分级：PG-13

电影类型：喜剧片，爱情片

原片上映时间：1984 年

原片导演：Gene Wilder

主要编剧：Jean-Loup Dabadie, Yves Robert

主演：Gene Wilder, Kelly LeBrock, Charles Grodin

原片所获奖项：第 57 届奥斯卡金像奖最佳原创歌曲

译制片出品机构：北京电影制片厂

译制导演：张桂兰

剧本翻译：裘翠定

部分配音演员：谭天谦　李野墨　朱玉荣　刘小华

5.血连环

英文片名：*F/X-Murder by Illusion*

原片分级：R

电影类型：动作片，惊悚片

原片上映时间：1986 年

原片导演：Robert Mandel

主要编剧：Robert T.Megginson, Gregory Fleeman

主演：Bryan Brown, Brian Dennehy, Diane Venora

译制片出品机构：上海电影译制厂有限公司

译制导演：孙渝烽

剧本翻译：赵国华

部分配音演员：王玮　盖文源　童自荣　狄菲菲　戴学庐　王建新　程晓桦　程玉珠　曹雷　刘风　翁振新

◇ 1992

1.武士道之剑

英文片名：*Sword of the Bushido*
原片分级：无
电影类型：动作片
原片上映时间：1990 年
原片导演：Adrian Carr
主要编剧：James Wulf Simmonds
主演：Richard Norton，Rochelle Ashana，Toshishiro Obata
译制片出品机构：长春电影制片厂译制片分厂
译制导演：徐雁
剧本翻译：王志
部分配音演员：胡连华　王瑞　刘雪婷　金毅

2.落水姻缘

英文片名：*Overboard*
原片分级：PG
电影类型：喜剧片，爱情片
原片上映时间：1987 年
原片导演：Garry Marshall
主要编剧：Leslie Dixon
主演：Goldie Hawn，Kurt Russell，Edward Herrmann
译制片出品机构：长春电影制片厂译制片分厂
译制导演：李真
剧本翻译：吴学文
部分配音演员：刘雪婷　胡连华　陆建艺　隋桂凤

3.千里追杀

英文片名：*Narrow Margin*
原片分级：R
电影类型：动作片，犯罪片，惊悚片
原片上映时间：1990 年
原片导演：Peter Hyams
主要编剧：Peter Hyams，Earl Felton
主演：Gene Hackman，Anne Archer，James Sikking
译制片出品机构：长春电影制片厂译制片分厂
译制导演：徐雁
剧本翻译：王志
部分配音演员：胡连华　刘雪婷　孙佳禾　刘大航

4.爱情与子弹

英文片名：*Love and Bullets*
原片分级：PG
电影类型：动作片，犯罪片，剧情片
原片上映时间：1979 年
原片导演：Stuart Rosenberg
主要编剧：Wendell Mayes
主演：Charles Bronson，Jill Ireland，Rod Steiger
译制片出品机构：上海电影译制厂有限公司
部分配音演员：沈晓谦　丁建华　乔榛　严崇德

5.危险之至

英文片名：*Gleaming the Cube*
原片分级：PG-13

电影类型：动作片，剧情片，悬疑片
原片上映时间：1989 年
原片导演：Graeme Clifford
主要编剧：Michael Tolkin
主演：Christian Slater，Steven Bauer，Richard Herd
原片出品国：美国（作为美国、英国联合制作影片在中国公映）
译制片出品机构：上海电影译制厂有限公司
译制导演：乔榛　严崇德
剧本翻译：朱晓婷
部分配音演员：任伟　丁建华　童自荣　尚华　曹雷　翁振新　程玉珠　严崇德　刘风　于鼎　梁正辉

6.暗里藏刀

英文片名：*Cloak & Dagger*
原片分级：PG
电影类型：动作片，冒险片，犯罪片
原片上映时间：1984 年
原片导演：Richard Franklin
主要编剧：Tom Holland
主演：Henry Thomas，Dabney Coleman，Michael Murphy
译制片出品机构：上海电影译制厂有限公司
译制导演：孙渝烽
剧本翻译：刘素珍
部分配音演员：狄菲菲　童自荣　戴学庐　乔榛　贝倩妮　于鼎　赵慎之

7.千年痴情

英文片名：*Mannequin：On the Move*
原片分级：PG

电影类型：喜剧片，奇幻片，爱情片
原片上映时间：1991 年
原片导演：Stewart Raffill
主要编剧：Edwartd Rugoff，Michael Gottlieb
主演：Kristy Swanson，William Ragsdale，Meshach Taylor
译制片出品机构：上海电影译制厂有限公司
译制导演：曹雷
剧本翻译：陈叙一
部分配音演员：狄菲菲　任伟　程玉珠　沈晓谦　乔榛　陈雷

8.法官与警察

英文片名：*Hang'em High*
原片分级：M
电影类型：剧情片，西部片
原片上映时间：1968 年
原片导演：Ted Post
主要编剧：Leonard Freeman，Mel Goldberg
主演：Clint Eastwood，Inger Stevens，Pat Hingle
译制片出品机构：上海电影译制厂有限公司
译制导演：伍经纬
剧本翻译：朱晓婷
部分配音演员：刘风　乔榛　丁建华　胡庆汉　尚华　于鼎

9.魔鬼终结者

英文片名：*The Terminator*
原片分级：R
电影类型：动作片，科幻片
原片上映时间：1984 年
原片导演：James Cameron

主要编剧：James Cameron，Gale Anne Hurd

主演：Arnold Schwarzenegger，Linda Hamilton，Michael Biehn

译制片出品机构：上海电影译制厂有限公司

译制导演：严崇德

剧本翻译：赵国华

部分配音演员：乔榛　王玮　丁建华　严崇德　程玉珠　刘风　程晓桦　沈晓谦

10.篮坛怪杰

英文片名：*Hoosiers*（又名 *Best Shot*）

原片分级：PG

电影类型：剧情片，体育运动片

原片上映时间：1986 年

原片导演：David Anspaugh

主要编剧：Angelo Pizzo

主演：Gene Hackman，Barbara Hershey，Dennis Hopper

译制片出品机构：上海电影译制厂有限公司

译制导演：翁振新

剧本翻译：刘素珍

部分配音演员：乔榛　丁建华　沈晓谦　翁振新

11.威龙争雄

英文片名：*Robo Cop*

原片分级：R

电影类型：动作片，犯罪片，科幻片

原片上映时间：1987 年

原片导演：Paul Verhoeven

主要编剧：Edward Neumeier，Michael Miner

主演：Peter Weller，Nancy Allen，Dan O'Herlihy

译制片出品机构：上海电影译制厂有限公司
译制导演：戴学庐
剧本翻译：刘素珍
部分配音演员：童自荣　王建新　乔榛　盖文源

12.雇佣警察

英文片名：*Rent a Cop*
原片分级：R
电影类型：动作片，喜剧片，犯罪片
原片上映时间：1987 年
原片导演：Jerry London
主要编剧：Michael Blodgett，Dennis Shryack
主演：Burt Reynolds，Liza Minnelli，James Remar
译制片出品机构：上海电影译制厂有限公司
译制导演：孙渝烽
剧本翻译：赵国华
部分配音演员：曹雷　王玮　刘风　杨晓　程玉珠

13.挑战者

英文片名：*Highlander II：The Quickening*
原片分级：R
电影类型：动作片，冒险片，奇幻片
原片上映时间：1991 年
原片导演：Russell Mulcahy
主要编剧：Gregory Widen，Brian Clemens
主演：Christopher Lambert，Sean Connery，Virginia Madsen
译制片出品机构：上海电影译制厂有限公司
译制导演：戴学庐
译制翻译：朱晓婷

部分配音演员：沈晓谦　乔榛　王玮　王建新　程玉珠　戴学庐

14.警匪生死劫

英文片名：*Ricochet*
原片分级：R
电影类型：动作片，犯罪片，剧情片
原片上映时间：1991 年
原片导演：Russell Mulcahy
主要编剧：Fred Dekker，Menno Meyjes
主演：Denzel Washington，John Lithgow，Ice-T
译制片出品机构：上海电影译制厂有限公司
译制导演：乔榛　严崇德
剧本翻译：赵国华
部分配音演员：乔榛　沈晓谦　翁振新　程玉珠　王建新　丁建华

15.猛警恶匪

英文片名：*Short Time*
原片分级：PG-13
电影类型：喜剧片，犯罪片，剧情片
原片上映时间：1990 年
原片导演：Gregg Champion
主要编剧：John Blumenthal，Michael Berry
主演：Dabney Coleman，Matt Frewer，Teri Garr
译制片出品机构：北京电影制片厂
译制导演：朱玉荣
剧本翻译：裘翠定
部分配音演员：李野墨　齐杰　张桂兰

16.走投无路

英文片名：*No Way Out*
原片分级：R
电影类型：动作片，犯罪片，剧情片
原片上映时间：1987 年
原片导演：Roger Donaldson
主要编剧：Kenneth Fearing（著），Robert Garland
主演：Kevin Costner，Gene Hackman，Sean Young
译制片出品机构：北京电影制片厂
译制导演：张桂兰
剧本翻译：裘翠定
部分配音演员：李易　朱玉荣　冯福全　江庚辰

17.二十年后/三剑客（续集）

英文片名：*The Return of the Muskteers*
原片分级：PG
电影类型：动作片，冒险片，喜剧片
原片上映时间：1989 年
原片导演：Richard Lester
主要编剧：Alexandre Dumas（著），George MacDonald Fraser
主演：Michael York，Oliver Reed，Frank Finlay
原片出品国：英国/法国/西班牙（作为美国影片在中国公映）
译制片出品机构：上海电影译制厂有限公司
译制导演：曹雷
剧本翻译：曹雷
部分配音演员：于鼎　姜玉玲　童自荣

◈ 1993

1.空屋疑云

英文片名：*The House on Carroll Street*
原片分级：PG
电影类型：惊悚片
原片上映时间：1987 年
原片导演：Peter Yates
主要编剧：Walter Bernstein
主演：Kelly McGillis，Jeff Daniels，Mandy Patinkin
译制片出品机构：上海电影译制厂有限公司
译制导演：乔榛
剧本翻译：朱晓婷
部分配音演员：丁建华　沈晓谦　乔榛　苏秀　任伟　程玉珠

2.食人鱼

英文片名：*Piranha*
原片分级：R
电影类型：喜剧片，恐怖片，科幻片
原片上映时间：1978 年
原片导演：Joe Dante
主要编剧：Richard Robinson，John Sayles
主演：Bradford Dillman，Heather Menzies-Urich，Kevin McCarthy
译制片出品机构：上海电影译制厂有限公司
译制导演：严崇德
剧本翻译：刘素珍
部分配音演员：乔榛　丁建华　戴学庐　曹雷　童自荣　翁振新　于鼎　程玉珠

3.铁汉雄心

英文片名：*Uppercut Man*（又名 *The Opponent*）
原片分级：R
电影类型：动作片，剧情片
原片上映时间：1988 年
原片导演：Sergio Martino
主要编剧：Robert Brodie Booth，Maria Perrone Capano
主演：Daniel Greene，Giuliano Gemma，Keely Shaye Brosnan
译制片出品机构：上海电影译制厂有限公司
译制导演：孙渝烽
剧本翻译：赵国华
部分配音演员：乔榛　翁振新　沈晓谦　程晓桦　丁建华　尚华　程玉珠

4.绝境求生

英文片名：*The Gods Must Be Crazy*
原片分级：PG
电影类型：喜剧片
原片上映时间：1980 年
原片导演：Jamie Uys
主要编剧：Jamie Uys
主演：N！xau，Marius Weyers，Sandra Prinsloo
译制片出品机构：上海电影译制厂有限公司
译制导演：戴学庐
剧本翻译：何燕
部分配音演员：乔榛　童自荣　王建新　翁振新　沈晓谦　程玉珠

5.逃脱死亡

英文片名：*The Gods Must Be Crazy II*
原片分级：PG
电影类型：喜剧片
原片上映时间：1989 年
原片导演：Jamie Uys
主要编剧：Jamie Uys
主演：N!xau, Lena Farugia, Hans Strydom
译制片出品机构：上海电影译制厂有限公司
译制导演：伍经纬
剧本翻译：赵国华
部分配音演员：丁建华　沈晓谦　程玉珠　乔榛　童自荣　王建新　翁振新

6.午夜狂奔

英文片名：*Midnight Run*
原片分级：R
电影类型：动作片，喜剧片，犯罪片
原片上映时间：1988 年
原片导演：Martin Brest
主要编剧：George Gallo
主演：Robert De Niro, Charles Grodin, Yaphet Kotto
译制片出品机构：长春电影制片厂译制片分厂
译制导演：潘淑兰
剧本翻译：任姗姗
部分配音演员：陆建艺　孙佳禾　吴永庆　刘大航

7.罪恶档案

英文片名：*Internal Affairs*
原片分级：R
电影类型：犯罪片，剧情片，惊悚片
原片上映时间：1990 年
原片导演：Mike Figgis
主要编剧：Henry Bean
主演：Richard Gere，Andy Garcia，Nancy Travis
译制片出品机构：长春电影制片厂译制片分厂
译制导演：潘淑兰
剧本翻译：任姗姗
部分配音演员：汪宝生　胡连华　崔慕燕　刘雪婷

8.特赦 48 小时

英文片名：48 *Hrs.*
原片分级：R
电影类型：动作片，喜剧片，犯罪片
原片上映时间：1982 年
原片导演：Walter Hill
主要编剧：Roger Spottiswoode，Walter Hill
主演：Nick Nolte，Eddie Murphy，Annette O'Toole
译制片出品机构：长春电影制片厂译制片分厂
译制导演：陈汝斌
剧本翻译：吉研英　吴学文
部分配音演员：孙佳禾　陆建艺　刘大航　徐丹

◈ 1994

1.拙妻不可欺

英文片名：*She Devil*
原片分级：PG-13
电影类型：喜剧片
原片上映时间：1989 年
原片导演：Susan Seidelman
主要编剧：Fay Weldon(著),Barry Strugatz
主演：Meryl Streep,Roseanne Barr,Ed Begley Jr.
译制片出品机构：长春电影制片厂译制片分厂
译制导演：兰馥心　陈汝斌
剧本翻译：任姗姗
部分配音演员：胡连华　刘雪婷　林美玉　隋桂凤

2.破碎的形象

英文片名：*Shattered Image*
原片分级：R
电影类型：剧情片,惊悚片
原片上映时间：1994 年
原片导演：Fritz Kiersch
主要编剧：William Delligan
主演：Jack Scalia,Bo Derek,John Savage
译制片出品机构：上海电影译制厂有限公司
译制导演：严崇德
剧本翻译：朱晓婷
部分配音演员：程玉珠　姜玉玲　沈晓谦　曹毅　戴学庐

3.假日少女情

英文片名：*Don't Tell Mom the Babysitter's Dead*
原片分级：PG-13
电影类型：喜剧片
原片上映时间：1991 年
原片导演：Stephen Herek
主要编剧：Neil Landau，Tara Ison
主演：Christina Applegate，Joanna Cassidy，John Getz
译制片出品机构：长春电影制片厂译制片分厂
译制导演：潘淑兰
剧本翻译：任姗姗
部分配音演员：刘雪婷　胡连华　崔慕燕　刘大航　林美玉　隋桂凤

4.兽中之王

英文片名：*Beastmaster 2*：*Through the Portal of Time*
原片分级：PG-13
电影类型：动作片，冒险片，奇幻片
原片上映时间：1991 年
原片导演：Sylvio Tabet
主要编剧：Andre Norton（著），Paul Pepperman
主演：Marc Singer，Kari Wuhrer，Sarah Douglas
译制片出品机构：长春电影制片厂译制片分厂
译制导演：赵文瑜
剧本翻译：张言朴　任姗姗
部分配音演员：胡连华　刘雪婷　苏荧　陈红

5.狼的影子

英文片名：*Shadow of the Wolf*
原片分级：PG-13
电影类型：冒险片，剧情片，惊悚片
原片上映时间：1992 年
原片导演：Jacques Dorfmann
主要编剧：Jacques Dorfmann，Evan Jones
主演：Lou Diamond Phillips，Toshirô Mifune，Jennifer Tilly
译制片出品机构：长春电影制片厂译制片分厂
译制导演：潘淑兰
剧本翻译：张言朴　任姗姗
部分配音演员：陆建艺　郭艺文　刘明珠　徐丹

6.继父

英文片名：*The Step Father III*
原片分级：R
电影类型：恐怖片，惊悚片
原片上映时间：1992 年
原片导演：Guy Magar
主要编剧：Carolyn Lefcourt，Brian Garfield
主演：Robert Wightman，Priscilla Barnes，Season Hubley
译制片出品机构：长春电影制片厂译制片分厂
译制导演：赵文瑜
剧本翻译：阿华
部分配音演员：陆建艺　刘雪婷　陈红　胡连华

7.拳坛雄风

英文片名：*Kickboxer*

原片分级：R

电影类型：动作片,体育运动片,惊悚片

原片上映时间：1989 年

原片导演：Mark DiSalle;David Worth

主要编剧：Mark DiSalle,Glenn A.Bruce

主演：Jean-Claude Van Damme,Dennis Alexio,Dennis Chan

译制片出品机构：长春电影制片厂译制片分厂

译制导演：徐丹

剧本翻译：任姗姗

部分配音演员：徐雁　张彭　庄丰源　白涛

8.亡命天涯

英文片名：*The Fugitive*

原片分级：PG-13

电影类型：动作片,犯罪片,剧情片

原片上映时间：1993 年

原片导演：Andrew Davis

主要编剧：Jeb Stuart,David Twohy

主演：Harrison Ford,Tommy Lee Jones,Sela ward

译制片出品机构：上海电影译制厂有限公司

译制导演：丁建华

剧本翻译：赵国华

部分配音演员：乔榛　沈晓谦　刘风　丁建华　程玉珠　严崇德　胡平智　姜玉玲

译制片所获奖项：第 1 届华表奖优秀译制片奖,第 15 届金鸡奖最佳外国影片译制奖

9.赌城奇案

英文片名：*Once Upon a Crime*

电影类型：喜剧片，犯罪片，悬疑片

原片分级：PG

原片上映时间：1992 年

原片导演：Eugene Levy

主要编剧：Rodolfo Sonego，Rodolfo Sonego

主演：John Candy，Jim Belushi，Cybill Shepherd

原片出品国：德国/美国（作为美国影片在中国公映）

译制片出品机构：上海电影译制厂

译制导演：孙渝烽

剧本翻译：唐建民　李成葆

部分配音演员：翁振新　曹雷　沈晓谦　童自荣　丁建华　狄菲菲　乔榛　戴学庐

10.死前之吻

英文片名：*A Kiss before Dying*

原片分级：R

电影类型：犯罪片，剧情片，悬疑片

原片上映时间：1991 年

原片导演：James Dearden

主要编剧：Ira Levin（著），James Dearden

主演：Matt Dillon，Sean Young，James Bonfanti

原片出品国：英国/美国（作为美国影片在中国公映）

译制片出品机构：上海电影译制厂有限公司

译制导演：孙渝烽

剧本翻译：裘翟定

部分配音演员：野芒　姜玉玲　戴学庐　曹雷　沈晓谦　程玉珠　王静文

11.代号阿莱克斯

英文片名：*CIA Code Name：Alexa*
原片分级：R
电影类型：动作片，惊悚片
原片上映时间：1993 年
原片导演：Joseph Merhi
主要编剧：Michael January，Kathleen Kinmont
主演：Lorenzo Lamas，Kathleen Kinmont，John Savage
译制片出品机构：八一电影制片厂
译制导演：彭河
剧本翻译：刘大勇
部分配音演员：韩同生　丁援　赵晓明　张长水　彭河　张欣

12.浴室血案

英文片名：*F/X2：The Deadly Art of Illusion*
原片分级：PG-13
电影类型：动作片，惊悚片
原片上映时间：1991 年
原片导演：Richard Franklin
主要编剧：Robert T.Megginson，Gregory Fleeman
主演：Bryan Brown，Brian Dennehy，Rachel Ticotin
译制片出品机构：八一电影制片厂
译制导演：彭河
剧本翻译：刘英芳
部分配音演员：李立宏　赵晓明　徐燕　周志强　周庆瑜　田二喜

◈ 1995

1.纽约之恋

英文片名：*Coming to America*
原片分级：R
电影类型：喜剧片，爱情片
原片上映时间：1988 年
原片导演：John Landis
主要编剧：Eddie Murphy，David Sheffield
主演：Eddie Murphy，Paul Bates，Garcelle Beauvais
译制片出品机构：长春电影制片厂译制片分厂
译制导演：陆建艺
剧本翻译：阿华
部分配音演员：王瑞　刘大航　金毅　吴永庆

2.神探飞机头

英文片名：*Ace Ventura：Pet Detective*
原片分级：PG-13
电影类型：喜剧片
原片上映时间：1994 年
原片导演：Tom Shadyac
主要编剧：Jack Bernstein
主演：Jim Carrey，Courteney Cox，Sean Young
译制片出品机构：长春电影制片厂译制片分厂
译制导演：赵文瑜　刘大航
剧本翻译：阿华
部分配音演员：刘大航　崔嘉燕　胡连华　陆建艺

3.狂魔杰里

英文片名：*The Stepfather*

原片分级：R

电影类型：恐怖片，惊悚片

原片上映时间：1987 年

原片导演：Joseph Ruben

主要编剧：Carolyn Lefcourt，Brian Garfield

主演：Terry O'Quinn，Jill Schoelen，Shelley Hack

译制片出品机构：长春电影制片厂译制片分厂

译制导演：赵文瑜

剧本翻译：阿华

部分配音演员：陆建艺　金毅　吴永庆　陈红

4.法外有法

英文片名：*Outlaw Force*

原片分级：R

电影类型：动作片，剧情片

原片上映时间：1988 年

原片导演：David Heavener

主要编剧：David Heavener

主演：David Heavener，Paul L.Smith，Frank Stallone

译制片出品机构：长春电影制片厂译制片分厂

译制导演：赵文瑜

剧本翻译：任姗姗

部分配音演员：刘大航　陆建艺　胡连华　孟丽

5.无声的恐惧

英文片名：*Hear No Evil*

原片分级：R

电影类型：惊悚片

原片上映时间：1993 年

原片导演：Robert Greenwald

主要编剧：Randall M.Badat，Danny Rubin

主演：Marlee Matlin，D.B.Sweeney，Martin Sheen

译制片出品机构：长春电影制片厂译制片分厂

译制导演：赵文瑜

剧本翻译：任姗姗

部分配音演员：金毅　刘大航　胡连华　陆建艺

6.森林之王

英文片名：*The Jungle Book*

原片分级：PG

电影类型：冒险片，家庭片，爱情片

原片上映时间：1994 年

原片导演：Stephen Sommers

主要编剧：Rudyard Kipling，Ron Yanover，Mark Geldman，Stephen Sommers，Mark Geldman

主演：Jason Scott Lee，Cary Elwes，Lena Headey

译制片出品机构：上海电影译制厂有限公司

译制导演：孙渝烽

剧本翻译：裘翠定

部分配音演员：刘风　狄菲菲　沈晓谦　乔榛　胡平智　严崇德　尚华　程玉珠　于鼎　周瀚　王静文

7.生死时速

英文片名：*Speed*

原片分级：R

电影类型：动作片，冒险片，惊悚片

原片上映时间：1994 年

原片导演：Jan de Bont

主要编剧：Graham Yost

主演：Keanu Reeves，Dennis Hopper，Sandra Bullock

原片所获奖项：1995 年第 67 届奥斯卡金像奖最佳音响、最佳音效剪辑，1995 年英国电影和电视艺术学院奖最佳音效、最佳剪辑

译制片出品机构：上海电影译制厂有限公司

译制导演：曹雷

剧本翻译：朱晓婷

部分配音演员：刘风　姜玉玲　乔榛　沈晓谦　罗港生　程玉珠　严崇德　金效强　程晓桦　刘钦　胡平智　王建新　聂雅亮　曹雷　尚华

8.绝地战警

英文片名：*Bad Boys*

原片分级：R

电影类型：动作片，喜剧片，犯罪片

原片上映时间：1995 年

原片导演：Michael Bay

主要编剧：George Gallo，Michael Barrie

主演：Will Smith，Martin Lawrence，Lisa Boyle

译制片出品机构：上海电影译制厂有限公司

部分配音演员：沈晓谦　丁建华　乔榛　毕克

9.纽约大劫案

英文片名：*Die Hard：With a Vengeance*

原片分级：R

电影类型：动作片，冒险片，惊悚片

原片上映时间：1995 年

原片导演：John McTiernan

主要编剧：Jonathan Hensleigh，Roderick Thorp

主演：Bruce Willis，Jeremy Irons，Samuel L.Jackson

译制片出品机构：上海电影译制厂有限公司

译制导演：伍经纬

剧本翻译：赵国华

部分配音演员：程玉珠　童自荣　胡平智　姜玉玲　刘风　沈晓谦　于鼎　王建新

10.黑手党老大

英文片名：*Mob Boss*

原片分级：R

电影类型：喜剧片

原片上映时间：1990 年

原片导演：Fred Olen Ray

主要编剧：T.L.Lankford

主演：William Hickey，Morgan Fairchild，Stuart Whitman

译制片出品机构：上海电影译制厂有限公司

译制导演：乔榛

剧本翻译：朱晓婷

部分配音演员：严崇德　童自荣　丁建华　乔榛　程玉珠　胡平智

11.生死搭档

英文片名：*Wedlock*

原片分级：R

电影类型：动作片,犯罪片,剧情片

原片上映时间：1991 年

原片导演：Lewis Teague

主要编剧：Broderick Miller

主演：Rutger Hauer,Mimi Rogers,Joan Chen

译制片出品机构：上海电影译制厂有限公司

译制导演：伍经纬

剧本翻译：朱晓婷

部分配音演员：乔榛　程玉珠　伍经纬　沈晓谦　丁建华　姜玉玲　胡平智

12.黑雨

英文片名：*Black Rain*

原片分级：R

电影类型：动作片,犯罪片,惊悚片

原片上映时间：1989 年

原片导演：Ridley Scott

主要编剧：Craig Bolotin,Warren Lewis

主演：Michael Douglas,Andy Garcia,Ken Takakura

译制片出品机构：上海电影译制厂有限公司

译制导演：严崇德　乔榛

剧本翻译：赵国华

部分配音演员：乔榛　童自荣　丁建华　程玉珠　沈晓谦　尚华

13.阿甘正传

英文片名：*Forrest Gump*

原片分级：PG-13

电影类型：剧情片，爱情片

原片上映时间：1994 年

原片导演：Robert Zemeckis

主要编剧：Winston Groom（著），Eric Roth

主演：Tom Hanks，Robin Wright，Gary Sinise

原片所获奖项：第 67 届奥斯卡金像奖最佳影片

译制片出品机构：八一电影译制厂

译制导演：彭河

剧本翻译：沈宁

部分配音演员：徐涛　徐燕　徐晓青　吴俊全　刘润成　齐杰　周庆瑜　翟万臣　张涵予　孙悦斌

译制片所获奖项：第 16 届金鸡奖最佳外国影片译制奖

14.真实的谎言

英文片名：*True Lies*

原片分级：R

电影类型：动作片，喜剧片，惊悚片

原片上映时间：1994 年

原片导演：James Cameron

主要编剧：Claude Zidi，Simon Michaël

主演：Arnold Schwarzenegger，Jamie Lee Curtis，Tom Arnold

译制片出品机构：上海电影译制厂有限公司

译制导演：乔榛

剧本翻译：赵国华

部分配音演员：乔榛　程晓桦　丁建华　程玉珠　刘风　程晓桦　严崇德

译制片所获奖项：第2届华表奖优秀译制片奖

15.萨瓦特

英文片名：*Savate*

原片分级：R

电影类型：动作片，西部片

原片上映时间：1995年

原片导演：Isaac Florentine

主要编剧：Isaac Florentine，Julian Stone

主演：Olivier Gruner，Ian Ziering，Ashley Laurence

译制片出品机构：上海电影译制厂有限公司

译制导演：严崇德

剧本翻译：朱晓婷

部分配音演员：乔榛　丁建华　程玉珠　沈晓谦　刘风　童自荣　尚华　胡平智

16.恐怖地带

英文片名：*Outbreak*

原片分级：R

电影类型：动作片，剧情片，惊悚片

原片上映时间：1995年

原片导演：Wolfgang Petersen

主要编剧：Laurence Dworet，Robert Roy Pool

主演：Dustin Hoffman，Rene Russo，Morgan Freeman

译制片出品机构：上海电影译制厂有限公司

译制导演：乔榛

剧本翻译：朱晓婷

部分配音演员：乔榛　丁建华　汪译男　张名煜　程玉珠　严崇德

17.狮子王

英文片名：*The Lion King*
原片分级：G
电影类型：动画片，冒险片，剧情片
原片上映时间：1994 年
原片导演：Roger Allers，Rob Minkoff
主要编剧：Irene Mecchi，Jonathan Roberts
主演：Matthew Broderick，Jeremy Irons，James Earl Jones
原片所获奖项：第 67 届奥斯卡金像奖最佳原创歌曲、最佳配乐，第 52 届金球奖喜剧类最佳影片、最佳原创歌曲、最佳电影配乐
译制片出品机构：不详
对白指导：王景平
剧本翻译：洪紫晶
部分配音演员：刘安　李勇　徐建春　陈明扬　崔帼夫　孙德成　佟绍宗　徐立德　王华怡　沈光平　林芳雪

◈ 1996

1.女警的追求

英文片名：*Intent To Kill*
原片分级：NC-17
电影类型：动作片，冒险片，惊悚片
原片上映时间：1992 年
原片导演：Charles T.Kanganis
主要编剧：Charles T.Kanganis
主演：Traci Lords，Angelo Tiffe，Scott Patterson
译制片出品机构：上海电影译制厂有限公司

译制导演：严崇德
剧本翻译：朱晓婷
部分配音演员：丁建华　乔榛　刘风　程玉珠　童自荣　沈晓谦　姜玉玲

2.死亡面具

英文片名：*Death Mask*
原片分级：无
电影类型：犯罪片，剧情片
原片上映时间：1992年
原片导演：Richard Friedman
主要编剧：Jeffrey Goldenberg，Richard Friedman
主演：Farley Granger，Lee Bryant，John McCurry
译制片出品机构：上海电影译制厂有限公司
译制导演：严崇德
剧本翻译：赵国华
部分配音演员：乔榛　丁建华　童自荣　程玉珠　胡平智　沈晓谦　狄菲菲　刘风　曾丹

3.幕后裁决

英文片名：*Trial by Jury*
原片分级：R
电影类型：惊悚片，犯罪片，剧情片
原片上映时间：1994年
原片导演：Heywood Gould
主要编剧：Jordan Katz，Heywood Gould
主演：Joanne Whalley，Armand Assante，Gabriel Byrne
译制片出品机构：上海电影译制厂有限公司
译制导演：曹雷

剧本翻译：解冬

部分配音演员：狄菲菲　赵屹欧　沈晓谦　刘风

4.温馨人间情

英文片名：*Conina,Corrina*

原片分级：PG

电影类型：喜剧片,剧情片,爱情片

原片上映时间：1994 年

原片导演：Jessie Nelson

主要编剧：Jessie Nelson

主演：Ray Liotta,Whoopi Goldberg,Tina Majorino

译制片出品机构：上海电影译制厂有限公司

译制导演：丁建华

剧本翻译：朱晓婷

部分配音演员：王建新　乔榛　詹佳　程晓桦　苏秀　姜玉玲

5.情归巴黎

英文片名：*Sabrina*

原片分级：PG

电影类型：喜剧片,剧情片,爱情片

原片上映时间：1995 年

原片导演：Sydney Pollack

主要编剧：Samuel A.Taylor,Billy Wilder

主演：Harrison Ford,Julia Ormond,Greg Kinnear

原片出品国：德国/美国(作为美国影片在中国公映)

译制片出品机构：上海电影译制厂有限公司

译制导演：乔榛

剧本翻译：赵国华

部分配音演员：乔榛　丁建华　刘风　尚华　苏秀　沈晓谦　王建新　狄菲菲

6.我又十八

英文片名：18 *Again*!
原片分级：PG
电影类型：喜剧片，奇幻片，爱情片
原片上映时间：1988 年
原片导演：Paul Flaherty
主要编剧：Josh Goldstein，Jonathan Prince
主演：Charlie Schlatter，George Burns，Tony Roberts
译制片出品机构：上海电影译制厂有限公司
译制导演：伍经纬
剧本翻译：解冬
部分配音演员：任伟　王肖兵　王静文　乔榛　程晓桦　胡平智

7.生死两兄弟

英文片名：*No Retreat，No Surrender 3：Blood Brothers*
原片分级：R
电影类型：动作片
原片上映时间：1990 年
原片导演：Lucas Lowe
主要编剧：Keith W.Strandberg
主演：Loren Avedon，Keith Vitali，Joseph Campanella
译制片出品机构：上海电影译制厂有限公司
译制导演：严崇德
剧本翻译：朱晓婷
部分配音演员：程玉珠　任伟　丁建华　刘风　乔榛　严崇德　尚华　胡平智

8.黑天使

英文片名：*Dark Angel*

原片分级：R

电影类型：动作片，犯罪片，恐怖片

原片上映时间：1990

导演：Craig R.Baxley

主要编剧：Jonathan Tydor，David Koepp

主演：Dolph Lundgren，Brian Benben，Betsy Brantley

译制片出品机构：长春电影制片厂译制片分厂

译制导演：胡连华

剧本翻译：任姗姗

部分配音演员：刘大航　孙佳禾　崔慕燕　孟丽

9.黑月亮升起

英文片名：*Black Moon Rising*

原片分级：R

电影类型：动作片，惊悚片

原片上映时间：1986 年

原片导演：Harley Cokeliss

主要编剧：John Carpenter，Desmond Nakano

主演：Tommy Lee Jones，Linda Hamilton，Robert Vaughn

译制片出品机构：长春电影制片厂译制片分厂

译制导演：胡连华

剧本翻译：任珊珊

部分配音演员：吴永庆　孙佳禾　孟丽　陆建艺

10.狙击手

英文片名：*Sniper*
原片分级：R
电影类型：动作片，惊悚片，战争片
原片上映时间：1993 年
导演：Luis Llosa
主要编剧：Michael Frost Beckner，Crash Leyland
主演：Tom Berenger，Billy Zane，J.T.Walsh
译制片出品机构：长春电影制片厂译制片分厂
译制导演：刘大航
剧本翻译：杨玉洁
部分配音演员：徐丹　孙佳禾　孟丽　崔晓东

11.未来水世界

英文片名：*Water World*
原片分级：PG-13
电影类型：动作片，冒险片，科幻片
原片上映时间：1995 年
原片导演：Kevin Reynolds
主要编剧：Peter Rader，David Twohy
主演：Kevin Costner，Jeanne Tripplehorn，Dennis Hopper
译制片出品机构：长春电影制片厂译制片分厂
译制导演：胡连华　徐丹
剧本翻译：任姗姗
部分配音演员：陆建艺　孟丽　胡连华　陈红

12.阴谋

英文片名：*The Feminine Touch*（又名 *The November Conspiracy*）
原片分级：R
电影类型：惊悚片，剧情片，录像带电影
原片上映时间：1995 年
原片导演：Conrad Janis
主要编剧：无
主演：Paige Turco，Dirk Benedict，George Segal
译制片出品机构：长春电影制片厂译制片分厂
译制导演：刘大航
剧本翻译：孟超
部分配音演员：金毅　孙佳禾　吴永庆　孟丽

13.冤魂孽债

英文片名：*Ghost Writer*
原片分级：PG
电影类型：喜剧片，奇幻片
原片上映时间：1989 年
原片导演：Kenneth J.Hall
主要编剧：Kenneth J.Hall
主演：Audrey Landers，John Matuszak，David Doyle
译制片出品机构：长春电影制片厂译制片分厂
译制导演：刘大航
剧本翻译：阿华
部分配音演员：刘大航　吴永庆　崔慕燕　孟丽

14.复仇的女巨人

英文片名：*Attack of the 50 Ft. Woman*
原片分级：R
电影类型：喜剧片，科幻片
原片上映时间：1993 年
原片导演：Christopher Guest
主要编剧：Mark Hanna，Joseph Dougherty
主演：Daryl Hannah，Daniel Baldwin，William Windom
译制片出品机构：长春电影制片厂译制片分厂
译制导演：胡连华
剧本翻译：孟超
部分配音演员：刘大航　崔慕燕　孟丽　徐丹

15.廊桥遗梦

英文片名：*The Bridges of Madison County*
原片分级：PG-13
电影类型：剧情片，爱情片
原片上映时间：1995 年
原片导演：Clint Eastwood
主要编剧：Robert James Waller（著），Richard LaGravenese
主演：Clint Eastwood，Meryl Streep，Annie Corley
译制片出品机构：上海电影译制厂有限公司
译制导演：严崇德
剧本翻译：朱晓婷
部分配音演员：丁建华　王建新　童自荣　乔榛

16.恐怖地带

英文片名：*Outbreak*

原片分级：R

电影类型：动作片，剧情片，惊悚片

原片上映时间：1995 年

原片导演：Wolfgang Petersen

主要编剧：Laurence Dworet，Robert Roy Pool

主演：Dustin Hoffman，Rene Russo，Morgan Freeman

译制片出品机构：上海电影译制厂有限公司

译制导演：乔榛

剧本翻译：朱晓婷

部分配音演员：乔榛　丁建华　程玉珠　汪译男　吴文伦　胡平智

17.法外执行者

英文片名：*The Expert*

原片分级：R

电影类型：动作片

原片上映时间：1995 年

原片导演：William Lustig，Rick Avery

主要编剧：Max Allan Collins，Jill Gatsby

主演：Jeff Speakman，James Brolin，Michael Shaner

译制片出品机构：八一电影制片厂

译制导演：彭河

剧本翻译：刘大勇

部分配音演员：李立宏　周志强　牟云

18.龙卷风

英文片名：*Twister*
原片分级：无
电影类型：动作片，冒险片，惊悚片
原片上映时间：1996 年
原片导演：Jan de Bont
主要编剧：Michael Crichton，Anne-Marie Martin
主演：Helen Hunt，Bill Paxton，Cary Elwes
译制片出品机构：八一电影制片厂
译制导演：彭河
剧本翻译：刘大勇
部分配音演员：赵晓明　冯宪珍　徐晓青　高杨　张长水　白玉林　周庆瑜　翟万臣　田二喜　刘润成　彭河

19.勇闯夺命岛

英文片名：*The Rock*
原片分级：R
电影类型：动作片，冒险片，惊悚片
原片上映时间：1996 年
原片导演：Michael Bay
主要编剧：David Weisberg，Douglas Cook
主演：Sean Connery，Nicolas Cage，Ed Harris
译制片出品机构：上海电影译制厂有限公司
译制导演：伍经纬
剧本翻译：赵国华
部分配音演员：沈晓谦　刘风　程玉珠　王静文　王肖兵　严崇德　袁国庆　童自荣　罗港生　胡平智　刘家桢　张云明　狄菲菲　刘钦　尚华　杨文元

20.断箭

英文片名：*Broken Arrow*

原片分级：R

电影类型：动作片，冒险片，惊悚片

原片上映时间：1996 年

原片导演：John Woo（吴宇森）

主要编剧：Graham Yost

主演：John Travolta，Christian Slater，Samantha Mathis

译制片出品机构：八一电影制片厂

译制导演：彭河

剧本翻译：王晖

部分配音演员：齐杰　孙悦斌　廖菁　吴俊全　李易　李立宏　赵晓明　张伟　段明　彭河 关晔

21.碟中谍

英文片名：*Mission：Impossible*

原片分级：PG-13

电影类型：动作片，冒险片，惊悚片

原片上映时间：1996 年

原片导演：Brian De Palma

主要编剧：Bruce Geller，David Koepp

主演：Tom Cruise，Jon Voight，Emmanuelle Béart

译制片出品机构：上海电影译制厂有限公司

译制导演：丁建华

剧本翻译：朱晓婷

部分配音演员：程玉珠　乔榛　丁建华　王建新　沈晓谦　刘风　胡平智　姜玉玲

22.云中漫步

英文片名：*A Walk in the Clouds*

原片分级：PG-13

电影类型：剧情片，爱情片

原片上映时间：1995 年

原片导演：Alfonso Arau

主要编剧：Robert Mark Kamen，Mark Miller

主演：Keanu Reeves，Aitana Sánchez-Gijón，Anthony Quinn

原片出品国：美国/墨西哥（作为美国影片在中国公映）

译制片出品机构：上海电影译制厂有限公司

译制导演：孙渝烽

剧本翻译：赵国华

部分配音演员：童自荣　狄菲菲　尚华　姜玉玲　王建新　王静文　程玉珠

23.勇敢者的游戏

英文片名：*Jumanji*

原片分级：PG

电影类型：冒险片，喜剧片，家庭片

原片上映时间：1995 年

原片导演：Joe Johnston

主要编剧：Jonathan Hensleigh，Greg Taylor

主演：Robin Williams，Kirsten Dunst，Bonnie Hunt

译制片出品机构：北京电影制片厂

部分配音演员：徐涛　徐小青　孙宏亮

译制片所获奖项：第 3 届华表奖优秀译制片奖

24.亚瑟王与棒球少年

英文片名：*A Kid in King Arthur's Court*
原片分级：PG
电影类型：冒险片，喜剧片，家庭片
原片上映时间：1995 年
原片导演：Michael Gottlieb
主要编剧：Michael Part，Robert L.Levy
主演：Thomas Ian Nicholas，Joss Ackland，Art Malik
原片出品国：美国/匈牙利/英国
译制片产品：八一电影制片厂
译制导演：彭河
剧本翻译：刘大勇
部分配音演员：王丽华　邹赫威　张长水　徐小青

◈ 1997

1.变相怪杰

英文片名：*The Mask*
原片分级：PG-13
电影类型：喜剧片，犯罪片，奇幻片
原片上映时间：1994 年
原片导演：Chuck Russell
主要编剧：Michael Fallon，Mark Verheiden
主演：Jim Carrey，Cameron Diaz，Peter Riegert
译制片出品机构：长春电影制片厂译制片分厂
译制导演：胡连华
剧本翻译：孟超
部分配音演员：胡连华　陈弘　孟丽　王利军

2.颤音

英文片名：*Vibrations*

原片分级：R

电影类型：剧情片，音乐片，科幻片，录影带电影

原片上映时间：1996 年

原片导演：Michael Paseornek

主要编剧：Michael Paseornek

主演：James Marshall，Christina Applegate，Faye Grant

译制片出品机构：长春电影制片厂译制片分厂

译制导演：孙佳禾

剧本翻译：孟超

部分配音演员：王利军　张丽敏　马海燕　姜广涛　郭金非　胡连华　孟丽

3.异形复活

英文片名：*Monolith*

原片分级：R

电影类型：动作片，科幻片

原片上映时间：1993 年

原片导演：John Eyres

主要编剧：Stephen Lister，Eric Poppen

主演：Bill Paxton，Lindsay Frost，John Hurt

译制片出品机构：长春电影制片厂译制片分厂

译制导演：胡连华

剧本翻译：阿华

部分配音演员：胡连华　刘大航　吴永庆　崔慕燕

4.神探霹雳火

英文片名：*Top Dog*
原片分级：PG-13
电影类型：动作片，喜剧片，犯罪片
原片上映时间：1995 年
原片导演：Aaron Norris
主要编剧：Aaron Norris，Tim Grayem
主演：Chuck Norris，Michele Lamar Richards，Erik von Detten
译制片出品机构：长春电影制片厂译制片分厂
译制导演：孟丽
剧本翻译：阿华
部分配音演员：刘大航　孙佳禾　崔慕燕　赵文瑜

5.蝙蝠侠与罗宾

英文片名：*Batman & Robin*
原片分级：PG-13
电影类型：动作片，科幻片
原片上映时间：1997 年
原片导演：Joel Schumacher
主要编剧：Bob Kane，Akiva Goldsman
主演：Arnold Schwarzenegger，George Clooney，Chris O'Donnell
译制片出品机构：长春电影制片厂译制片分厂
译制导演：胡连华
剧本翻译：孟超
部分配音演员：胡连华　刘大航　孙佳禾　孟丽

6.插翅难飞

英文片名：*Turbulence*
原片分级：R
电影类型：动作片，惊悚片
原片上映时间：1997 年
原片导演：Robert Butler
主要编剧：Jonathan Brett
主演：Ray Liotta，Lauren Holly，Brendan Gleeson
译制片出品机构：上海电影译制厂有限公司
译制导演：丁建华
剧本翻译：邹灵
部分配音演员：程玉珠　丁建华　乔榛　童自荣　王建新　严崇德　程晓桦　胡平智

7.生死时速 2：海上惊情

英文片名：*Speed 2：Cruise Control*
原片分级：PG-13
电影类型：动作片，冒险片，犯罪片
原片上映时间：1997 年
原片导演：Jan de Bont
主要编剧：Graham Yost，Jan de Bont
主演：Sandra Bullock，Jason Patric，Willem Dafoe
译制片出品机构：上海电影译制厂有限公司
译制导演：严崇德
剧本翻译：赵国华
部分配音演员：丁建华　乔榛　沈晓谦　程玉珠　胡平智

8.好事成双

英文片名：*It Takes Two*
原片分级：PG
电影类型：喜剧片，家庭片，爱情片
原片上映时间：1995 年
原片导演：Andy Tennant
主要编剧：Deborah Dean Davis
主演：Kirstie Alley，Steve Guttenberg，Mary-Kate Olsen
译制片出品机构：上海电影译制厂有限公司
译制导演：孙渝烽
剧本翻译：顾奇勇
部分配音演员：丁建华　童自荣　王静文　狄菲菲　程玉珠　王建新

9.冰与火（续集）

英文片名：*Fire，Ice & Dynamite*
原片分级：PG
电影类型：动作片，喜剧片，体育运动片
原片上映时间：1990 年
原片导演：Willy Bogner
主要编剧：Willy Bogner，Tony Williamson
主演：Roger Moore，Shari Belafonte，Simon Shepherd
原片出品国：德国（作为美国影片在中国公映）
译制片出品机构：上海电影译制厂有限公司
译制导演：王建新
剧本翻译：娄炳坤
部分配音演员：乔榛　童自荣　丁建华　狄菲菲　程玉珠　刘钦　王建新　王肖兵　姜玉玲　陈迪

10.特工狂花

英文片名：*The Long Kiss Goodnight*

原片分级：R

电影类型：动作片，犯罪片，剧情片

原片上映时间：1996年

原片导演：Renny Harlin

主要编剧：Shane Black

主演：Geena Davis，Samuel L.Jackson，Yvonne Zima

译制片出品机构：上海电影译制厂有限公司

译制导演：乔榛

剧本翻译：张春柏

部分配音演员：丁建华　乔榛　詹佳　刘钦　童自荣　王肖兵　胡平智

11.深海喋血

英文片名：*Crash Dive*

原片分级：R

电影类型：动作片，剧情片，惊悚片

原片上映时间：1996年

原片导演：Andrew Stevens

主要编剧：William C.Martell

主演：Michael Dudikoff，Frederic Forrest，Reiner Schöne

译制片出品机构：上海电影译制厂有限公司

译制导演：王建新

剧本翻译：钱绍昌

部分配音演员：赵屹欧　乔榛　翁振新　王建新　刘风　刘钦　王肖兵　程玉珠

12.怒海骄日

英文片名：*White Squall*
原片分级：PG-13
电影类型：冒险片，剧情片
原片上映时间：1996 年
原片导演：Ridley Scott
主要编剧：Charles Gieg Jr.，Felix Sutton
主演：Jeff Bridges，Caroline Goodall，John Savage
译制片出品机构：上海电影译制厂有限公司
译制导演：丁建华
剧本翻译：朱晓婷
配音演员：乔榛　童自荣　姜玉玲　胡平智　程玉珠　刘钦　翟巍　沈达威

13.死亡猎手

英文片名：*Wounded*
原片分级：R
电影类型：动作片，犯罪片，惊悚片
原片上映时间：1997 年
原片导演：Richard Martin
主要编剧：Harry Longstreet，Harry Longstreet
主演：Mädchen Amick，Graham Greene，Adrian Pasdar
译制片出品机构：上海电影译制厂有限公司
译制导演：孙渝烽
剧本翻译：钱绍昌
部分配音演员：王静文　沈晓谦　赵屹欧　王肖兵　刘钦　童自荣

14.心有灵犀

英文片名：*Zeus and Roxanne*

原片分级：PG

电影类型：冒险片，喜剧片，家庭片

原片上映时间：1997 年

原片导演：George Miller

主要编剧：Tom Benedek

主演：Steve Guttenberg，Kathleen Quinlan，Arnold Vosloo

译制片出品机构：上海电影译制厂有限公司

译制导演：乔榛

剧本翻译：赵国华

部分配音演员：童自荣　丁建华　虞鹏飞　曾丹　詹佳　胡平智　姜玉玲

15.情有独钟

英文片名：*Who Shot Patakango?*

原片分级：R

电影类型：喜剧片

原片上映时间：1989 年

原片导演：Robert Brooks

主要编剧：Halle Brooks，Robert Brooks

主演：David Edwin Knight，Sandra Bullock，Kevin Otto

译制片出品机构：上海电影译制厂有限公司

译制导演：孙渝烽

剧本翻译：朱晓婷

部分配音演员：童自荣　王静文　王建华　尚华　曾丹　胡平智　俞红

16.生死豪情

英文片名：*Courage under Fire*
原片分级：R
电影类型：动作片，剧情片，悬疑片
原片上映时间：1996年
原片导演：Edward Zwick
主要编剧：Patrick Sheane Duncan
主演：Denzel Washington，Meg Ryan，Lou Diamond Phillips
译制片出品机构：上海电影译制厂有限公司
译制导演：伍经纬
剧本翻译：赵国华
部分配音演员：程玉珠　丁建华　王肖兵　沈晓谦　刘钦　程玉玲

17.山崩地裂

英文片名：*Dante's Peak*
原片分级：PG-13
电影类型：动作片，冒险片，惊悚片
原片上映时间：1997年
原片导演：Roger Donaldson
主要编剧：Leslie Bohem
主演：Pierce Brosnan，Linda Hamilton，Jamie Renée Smith
译制片出品机构：上海电影译制厂有限公司
译制导演：孙渝烽
剧本翻译：赵国华
部分配音演员：野芒　王建新　白涛　王静文　狄菲菲　俞红　童自荣　程玉珠　曾丹　刘风　刘钦

18.恐怖阴谋

英文片名：*The Conspiracy of Fear*

原片分级：R

电影类型：动作片，剧情片，惊悚片

原片上映时间：1995 年

原片导演：John Eyres

主要编剧：Roy Sallows

主演：Geraint Wyn Davies，Leslie Hope，Andrew Lowery

原片出品国：加拿大（作为美国影片在中国公映）

译制片出品机构：上海电影译制厂有限公司

译制导演：严崇德

剧本翻译：顾奇勇

部分配音演员：童自荣　姜玉玲　乔榛　程玉珠　丁建华　胡平智

19.新木偶奇遇记

英文片名：*The Adventures of Pinocchio*

原片分级：G

电影类型：冒险片，剧情片，家庭片

原片上映时间：1996 年

原片导演：Steve Barron

主要编剧：Sherry Mills，Steve Barron

主演：Martin Landau，Jonathan Taylor Thomas，Geneviève Bujold

原片出品国：英国/美国/法国/德国/捷克（作为美国影片在中国公映）

译制片出品机构：上海电影译制厂有限公司

译制电影：孙渝烽

剧本翻译：顾奇勇

部分配音演员：陈兆雄　王静文　姜玉玲　程玉珠　程晓桦　刘风　翟巍　王肖兵

20.战地之恋

英文片名：*Up Close & Personal*
原片分级：PG-13
电影类型：剧情片，爱情片
原片上映时间：1996 年
原片导演：Jon Avnet
主要编剧：Joan Didion, John Gregory Dunne
主演：Robert Redford, Michelle Pfeiffer, Stockard Channing
译制片出品机构：上海电影译制厂有限公司
译制导演：赵国华 王建新
剧本翻译：赵国华 邹灵
部分配音演员：沈晓谦 狄菲菲 王建新 白涛 曹雷 张欣

21.毁灭者

英文片名：*Mars Attacks*！
原片分级：PG-13
电影类型：喜剧片，科幻片
原片上映时间：1996 年
原片导演：Tim Burton
主要编剧：Len Brown, Woody Gelman
主演：Jack Nicholson, Pierce Brosnan, Sarah Jessica Parker
译制片出品机构：上海电影译制厂有限公司
译制导演：乔榛
剧本翻译：朱晓婷
部分配音演员：乔榛 丁建华 沈晓谦 程玉珠 严崇德 张名煜

22.失落的世界(侏罗纪公园)

英文片名：*The Lost World：Jurassic Park*

原片分级：PG-13

电影类型：动作片，冒险片，科幻片

原片上映时间：1997 年

原片导演：Steven Spielberg

主要编剧：Michael Crichton(著)，David Koepp

主演：Jeff Goldblum，Julianne Moore，Pete Postlethwaite

译制片出品机构：上海电影译制厂有限公司

译制导演：孙渝烽

剧本翻译：娄炳坤

部分配音演员：白涛　姜玉玲　沈晓谦　张欣　陈兆雄　胡平　王静文

译制片所获奖项：第 4 届华表奖优秀译制片奖

23.黑色猎杀手

英文片名：*Freefall*

原片分级：R

电影类型：动作片，冒险片，剧情片

原片上映时间：1994 年

原片导演：John Irvin

主要编剧：Les Weldon，David Zito

主演：Eric Roberts，Jeff Fahey，Pamela Gidley

原片出品国：美国/南非

译制片出品机构：八一电影制片厂

译制导演：彭河

剧本翻译：刘大勇

部分配音演员：廖菁　张长水　彭河　张涵予　周志强　卢燕　周伟

24.空中大灌篮

英文片名：*Space Jam*
原片分级：PG
电影类型：动画片，冒险片，喜剧片
原片上映时间：1996 年
原片导演：Joe Pytka
主要编剧：Leo Benvenuti，Steve Rudnick
主演：Michael Jordan，Wayne Knight，Theresa Randle
译制片出品机构：八一电影制片厂
译制导演：彭河
剧本翻译：刘大勇
部分配音演员：齐克建　李野墨　李立宏　李志新

◈ 1998

1.星际追杀

英文片名：*The Invader*
原片分级：R
电影类型：动作片，科幻片，惊悚片
原片上映时间：1997 年
原片导演：Mark Rosman
主要编剧：Mark Rosman
主演：Sean Young，Ben Cross，Daniel Baldwin
译制片出品机构：上海电影译制厂有限公司
译制导演：王建新
剧本翻译：朱晓婷
部分配音演员：狄菲菲　胡平智　程玉珠　沈晓谦

2.地火危城

英文片名：*Volcano*

原片分级：PG-13

电影类型：动作片，剧情片，科幻片

原片上映时间：1997 年

原片导演：Mick Jackson

主要编剧：Jerome Armstrong

主演：Tommy Lee Jones，Anne Heche，Gaby Hoffmann

译制片出品机构：上海电影译制厂有限公司

译制导演：沈晓谦

剧本翻译：楼炳坤　刘雪慰

部分配音演员：狄菲菲　王静文　胡平智　丁建华　程玉珠　童自荣　马晓峰　乔榛

3.十万火急

英文片名：*Daylight*

原片分级：PG-13

电影类型：动作片，冒险片，剧情片

原片上映时间：1996 年

原片导演：Rob Cohen

主要编剧：Leslie Bohem

主演：Sylvester Stallone，Amy Brenneman，Viggo Mortensen

译制片出品机构：上海电影译制厂有限公司

译制导演：丁建华

剧本翻译：赵国华

部分配音演员：程玉珠　姜玉玲　丁建华　胡平智　童自荣　乔榛　刘风　曾丹

4.绝路烽火

英文片名：*T.N.T.*
原片分级：R
电影类型：动作片
原片上映时间：1997 年
原片导演：Robert Radler
主要编剧：Chuck Konzelman，Darrell Sedliar
主演：Olivier Gruner，Randy Travis，Rebecca Staab
译制片出品机构：上海电影译制厂有限公司
译制导演：丁建华
剧本翻译：朱晓婷
部分配音演员：乔榛　程玉珠　姜玉玲　王肖兵　童自荣　刘风

5.爱情与战争

英文片名：*In Love and War*
原片分级：PG-13
电影类型：人物传记，剧情片，爱情片
原片上映时间：1996 年
原片导演：Richard Attenborough
主要编剧：Henry S. Villard，James Nagel
主演：Sandra Bullock，Chris O'Donnell，Mackenzie Astin
译制片出品机构：上海电影译制厂有限公司
译制导演：乔榛
剧本翻译：朱晓婷
部分配音演员：丁建华　任伟　乔榛　刘风

6.小鬼当家3

英文片名：*Home Alone 3*
原片分级：PG
电影类型：喜剧片，犯罪片，家庭片
原片上映时间：1997年
原片导演：Raja Gosnell
主要编剧：John Hughes
主演：Alex D.Linz，Olek Krupa，Rya Kihlstedt
译制片出品机构：上海电影译制厂有限公司
译制导演：孙渝烽
剧本翻译：吴燕莛
部分配音演员：武向彤　沈晓谦　海帆　童自荣　狄菲菲　王静文

7.倾力出击

英文片名：*The Sender*
原片分级：R
电影类型：动作片，科幻片，惊悚片
英文片名：1998年
原片导演：Richard Pepin
主要编剧：Nathan Long，Richard Preston Jr.
主演：Michael Madsen，R.Lee Ermey，Robert Vaughn
译制片出品机构：上海电影译制厂有限公司
译制导演：严崇德
剧本翻译：顾奇勇
部分配音演员：程玉珠　姜玉玲　沈晓谦　乔榛　胡平智　狄菲菲

8.天地大冲撞

英文片名：*Deep Impact*
原片分级：PG-13
电影类型：动作片，剧情片，爱情片
原片上映时间：1998 年
原片导演：Mimi Leder
主要编剧：Bruce Joel Rubin，Michael Tolkin
主演：Robert Duvall，Téa Leoni，Elijah Wood
译制片出品机构：上海电影译制厂有限公司
译制导演：丁建华
剧本翻译：赵国华
部分配音演员：乔榛　丁建华　沈晓谦　程玉珠　姜玉玲　尚华　翟巍　曾丹

9.特警判官

英文片名：*Judge Dredd*
原片分级：R
电影类型：动作片，犯罪片，科幻片
原片上映时间：1995 年
原片导演：Danny Cannon
主要编剧：John Wagner，Carlos Ezquerra
主演：Sylvester Stallone，Armand Assante，Rob Schneider
译制片出品机构：上海电影译制厂有限公司
译制导演：严崇德
剧本翻译：顾奇勇
部分配音演员：程玉珠　姜玉玲　刘风　童自荣　沈晓谦　张名煜　狄菲菲

10.一号通缉令

英文片名：*Most Wanted*

原片分级：R

电影类型：动作片，惊悚片

原片上映时间：1997 年

原片导演：David Hogan

主要编剧：Keenen Ivory Wayans

主演：Keenen Ivory Wayans，Jon Voight，Robert Kotecki

译制片出品机构：上海电影译制厂有限公司

译制导演：乔榛

剧本翻译：朱晓婷

部分配音演员：程玉珠　丁建华　沈晓谦　乔榛　王肖兵　胡平智

11.安娜·卡列尼娜

英文片名：*Anna Karenina*

原片分级：PG-13

电影类型：剧情片，爱情片

原片上映时间：1997 年

原片导演：Bernard Rose

主要编剧：Leo Tolstoy（著），Bernard Rose

主演：Sophie Marceau，Sean Bean，Alfred Molina

译制片出品机构：上海电影译制厂有限公司

译制导演：严崇德

剧本翻译：张春柏

部分配音演员：丁建华　乔榛　程玉珠　狄菲菲　沈晓谦　胡平智　姜玉玲　王建新　曾丹

12.尖峰时刻

英文片名：*Rush Hour*

原片分级：PG-13

电影类型：动作片，喜剧片，犯罪片

原片上映时间：1998 年

原片导演：Brett Ratner

主要编剧：Ross LaManna，Jim Kouf

主演：Jackie Chan，Chris Tucker，Ken Leung

译制片出品机构：上海电影译制厂有限公司

译制导演：孙渝烽

剧本翻译：顾奇勇

部分配音演员：沈晓谦　张欣　翁振新　戴学庐　王肖兵　胡平智　曾丹　程玉珠

13.泰坦尼克号

英文片名：*Titanic*

原片分级：PG-13

电影类型：剧情片，爱情片

原片上映时间：1997 年

原片导演：James Cameron

主要编剧：James Cameron

主演：Leonardo Di Caprio，Kate Winslet，Billy Zane

原片所获奖项：第 70 届奥斯卡金像奖最佳影片

译制片出品机构：北京电影制片厂

译制导演：朱玉荣

剧本翻译：朱晓婷

部分配音演员：徐小青　曲敬国　芒莱　刘之玲　李志新　方子春　党同义

译制片所获奖项：第 18 届金鸡奖最佳外国影片译制奖

14.拯救大兵瑞恩

英文片名：*Saving Private Ryan*

原片分级：R

电影类型：剧情片，战争片

原片上映时间：1998 年

原片导演：Steven Spielberg

主要编剧：Robert Rodat

主演：Tom Hanks，Matt Damon，Tom Sizemore

译制片出品机构：八一电影制片厂

译制导演：彭河

剧本翻译：刘大勇

部分配音演员：徐涛　孙悦斌　程寅　田二喜　张潮　张伟　张涵予　孙星　周志强　翟存元　刘润成　任程伟　徐光宇　张长水　李易　李立宏　邹赫威　张云明　吴俊全　徐燕

译制片所获奖项：第 5 届华表奖优秀译制片奖

15.千钧一发

英文片名：*Dark Breed*

原片分级：R

电影类型：动作片，恐怖片，科幻片

原片上映时间：1996 年

原片导演：Richard Pepin

主要编剧：Richard Preston Jr.

主演：Jack Scalia，Cindy Ambuehl，Jonathan Banks

译制片出品机构：八一电影制片厂

译制导演：彭河

剧本翻译：刘大勇

部分配音演员：芒莱　张涵予　程寅　林兰

◈ 1999

1.孤城末路

英文片名：*Legionnaire*
原片分级：R
电影类型：动作片，冒险片，剧情片
原片上映时间：1998 年
原片导演：Peter MacDonald
主要编剧：Sheldon Lettich，Jean-Claude Van Damme
主演：Jean-Claude Van Damme，Adewale Akinnuoye-Agbaje，Steven Berkoff
译制片出品机构：长影集团译制片制作有限责任公司
译制导演：刘大航
剧本翻译：杜桂敏
部分配音演员：刘大航　孟丽　吴永庆　孙佳

2.天定姻缘

英文片名：*Music from Another Room*
原片分级：PG-13
电影类型：喜剧片，剧情片，爱情片
原片上映时间：1998 年
原片导演 Charlie Peters
主要编剧：Charlie Peters
主演：Jude Law，Jennifer Tilly，Gretchen Mol
译制片出品机构：长影集团译制片制作有限责任公司
译制导演：刘大航
剧本翻译：杜桂敏　吕得保
部分配音演员：崔晓东　陈红　孟丽　赵文瑜

3.婚礼歌手

英文片名：*The Wedding Singer*

原片分级：PG-13

电影类型：喜剧片，音乐片，爱情片

原片上映时间：1998年

原片导演：Frank Coraci

主要编剧：Tim Herlihy

主演：Adam Sandler，Drew Barrymore，Christine Taylor

译制片出品机构：上海电影译制厂有限公司

译制导演：孙渝烽

剧本翻译：顾奇勇

部分配音演员：童自荣　王静文　丁建华　程玉珠　狄菲菲　刘风　胡平智　沈晓谦

4.致命保镖

英文片名：*Point of Impact*

原片分级：R

电影类型：动作片，犯罪片，剧情片

原片上映时间：1993年

原片导演：Stephen Hunter

主要编剧：David Zito，Les Weldon

主演：Michael Paré，Barbara Carrera，Michael Ironside

译制片出品机构：上海电影译制厂有限公司

译制导演：严崇德

剧本翻译：赵国华

部分配音演员：任伟　姜玉玲　沈晓谦　程玉珠　戴学庐　王建新　曾丹　胡平智

5.再见，美国

英文片名：*Goodbye America*

原片分级：R

电影类型：动作片，剧情片，爱情片

原片上映时间：1997 年

原片导演：Thierry Notz

主要编剧：Michael D.Sellers，Bob Couttie

主演：Wolfgang Bodison，Corin Nemec，John Newton

原片出品国：菲律宾/美国（作为美国影片在中国公映）

译制片出品机构：上海电影译制厂有限公司

译制导演：严崇德

剧本翻译：赵国华

部分配音演员：刘风　姜玉玲　程玉珠　童自荣　白涛　狄菲菲　丁建华　沈晓谦　乔榛

6.眨眼

英文片名：*Blink*

原片分级：R

电影类型：犯罪片，剧情片，悬疑片

原片上映时间：1993 年

原片导演 Michael Apted

主要编剧：Dana Stevens

主演：Madeleine Stowe，Aidan Quinn，James Remar

译制片出品机构：上海电影译制厂有限公司

译制导演：丁建华

剧本翻译：赵国华

部分配音演员：姜玉玲　童自荣　海帆　程玉珠　沈晓谦　丁建华

7.天理难容

英文片名：*Justice*
原片分级：无
电影类型：惊悚片，犯罪片，剧情片
原片上映时间：1999年
原片导演：Jack Ersgard
主要编剧：Jack Ersgard，Tom Scorza
主演：Charles Durning，Tracey Needham，Jo Beth Williams
译制片出品机构：上海电影译制厂有限公司
译制导演：严崇德
剧本翻译：朱晓婷
部分配音演员：丁建华　沈晓谦　程玉珠　刘风　姜玉玲　王肖兵　白涛　胡平智　王建新

8.错误指控

英文片名：*Wrongfully Accused*
原片分级：PG-13
电影类型：动作片，喜剧片，惊悚片
原片上映时间：1998年
原片导演：Pat Proft
原片出品国：德国/美国（作为美国影片在中国公映）
主要编剧：Pat Proft
主演：Leslie Nielsen，Richard Crenna，Kelly LeBrock
译制片出品机构：上海电影译制厂有限公司
译制导演：孙渝烽
剧本翻译：赵国华
部分配音演员：沈晓谦　程玉珠　狄菲菲　姜玉玲　童自荣　王建新　刘风　曾丹　胡平智

9.乌鸦谋杀案

英文片名：*A Murder of Crows*
原片分级：R
电影类型：动作片，犯罪片，惊悚片
原片上映时间：1998 年
原片导演：Rowdy Herrington
主要编剧：Rowdy Herrington
主演：Cuba Gooding Jr.，Tom Berenger，Marianne Jean-Baptiste
译制片出品机构：上海电影译制厂有限公司
译制导演：严崇德
剧本翻译：顾奇勇
部分配音演员：程玉珠　乔榛　姜玉玲　沈晓谦　童自荣　狄菲菲　王建新　胡平智

10.迎头痛击

英文片名：*Knock Off*
原片分级：R
电影类型：动作片，犯罪片，惊悚片
原片上映时间：1998 年
原片导演：Hark Tsui（徐克）
主要编剧：Steven E.de Souza
主演：Jean-Claude Van Damme，Rob Schneider，Lela Rochon
原片出品国：阿鲁巴岛/香港/美国（作为美国影片在中国公映）
译制片出品机构：上海电影译制厂有限公司
译制导演：丁建华
剧本翻译：赵国华
部分配音演员：乔榛　童自荣　姜玉玲　程玉珠　刘风　白涛

11.梦想成真

英文片名：*What Dreams May Come*
原片分级：PG-13
电影类型：剧情片，奇幻片，爱情片
原片上映时间：1998 年
原片导演：Vincentward
主要编剧：Richard Matheson，Ronald Bass
主演：Robin Williams，Cuba Gooding Jr.，Annabella Sciorra
原片出品国：美国/新西兰
译制片出品机构：上海电影译制厂有限公司
译制导演：孙渝烽
剧本翻译：顾奇勇
部分配音演员：沈晓谦　胡平智　狄菲菲　王肖兵　冯骏华　武向彤　曾丹

12.地下摇滚

英文片名：*The Underground*
原片分级：R
电影类型：动作片，犯罪片，剧情片
原片上映时间：1997 年
原片导演：Cole S.McKay
主要编剧：William Lawlor
主演：Jeff Fahey，Gregory Scott Cummins，Willie C.Carpenter
译制片出品机构：上海电影译制厂有限公司
译制导演：王建新
剧本翻译：顾奇勇
部分配音演员：刘风　程玉珠　沈晓谦　王肖兵　乔榛　丁建华

13.物极必反

英文片名：*Rogue Force*
原片分级：R
电影类型：动作片，惊悚片
原片上映时间：1998 年
原片导演：Martin Kunert
主要编剧：Rick Bloggs，Alan Schechter
主演：Michael Rooker，Robert Patrick，Diane DiLascio
译制片出品机构：上海电影译制厂有限公司
译制导演：程玉珠
剧本翻译：赵国华
部分配音演员：王肖兵　刘风　姜玉玲　胡平智　程玉珠　沈晓谦

14.偷天陷阱

英文片名：*Entrapment*
原片分级：PG-13
电影类型：动作片，犯罪片，爱情片
原片上映时间：1999 年
原片导演：Jon Amiel
主要编剧：Ronald Bass，Michael Hertzberg
主演：Sean Connery，Catherine Zeta-Jones，Ving Rhames
原片出品国：美国/英国/德国
译制片出品机构：上海电影译制厂有限公司
译制导演：丁建华
剧本翻译：赵国华
部分配音演员：乔榛　姜玉玲　沈晓谦　程玉珠　王肖兵

15.生死搏

英文片名：*American Kickboxer*

原片分级：R

电影类型：动作片，体育运动片

原片上映时间：1991 年

原片导演：Frans Nel

主要编剧：Emil Kolbe，John Barrett

主演：John Barrett，Keith Vitali，Terry Norton

原片出品国：美国/南非（作为美国影片在中国公映）

译制片出品机构：上海电影译制厂有限公司

译制导演：王建新

剧本翻译：顾奇勇

部分配音演员：刘风　狄菲菲　胡平智　程玉珠　童自荣　白涛　张欣　刘钦

16.黑客帝国

英文片名：*The Matrix*

原片分级：R

电影类型：动作片，科幻片

原片上映时间：1999 年

原片导演：Lana Wachowski，Lilly Wachowski

主要编剧：Lilly Wachowski，Lana Wachowski

主演：Keanu Reeves，Laurence Fishburne，Carrie-Anne Moss

原片所获奖项：第 72 届奥斯卡金像奖最佳剪辑

译制片出品机构：上海电影译制厂有限公司

译制导演：丁建华

剧本翻译：赵国华

部分配音演员：刘风　乔榛　丁建华　沈晓谦　王建新　程玉珠

17.冷酷无情

英文片名：*Heartless*
原片分级：无
电影类型：惊悚片
原片上映时间：1997 年
原片导演：Judith Vogelsang
主要编剧：Leslie Lehr
主演：Mädchen Amick, David Packer, Tom Schanley
译制片出品机构：长影集团译制片制作有限责任公司
译制导演：孙佳禾
剧本翻译：阿华
部分配音演员：金毅　胡连华　崔慕燕　孟丽

18.星球大战前传 I：幽灵的威胁

英文片名：*Star Wars：Episode I-The Phantom Menace*
原片分级：PG
电影类型：动作片，冒险片，奇幻片
原片上映时间：1999 年
原片导演：George Lucas
主要编剧：George Lucas
主演：Ewan McGregor, Liam Neeson, Natalie Portman
译制片出品机构：北京电影制片厂
译制导演：朱玉荣
剧本翻译：崔松
部分配音演员：李野墨　高扬　徐晓青　薛白　王磊　江庚辰　李志新　芒莱　李晓彤　白玉林　邹赫威　朱玉荣　韩廷琦　张美娟

19.罪犯是谁

英文片名：*The Gingerbread Man*
原片分级：R
电影类型：犯罪片，悬疑片，惊悚片
原片上映时间：1998 年
原片导演：Robert Altman
主要编剧：John Grisham，Clyde Hayes
主演：Kenneth Branagh，Embeth Davidtz，Robert Downey Jr.
译制片出品机构：上海电影译制厂有限公司
译制导演：丁建华
剧本翻译：朱晓婷
部分配音演员：沈晓谦　姜玉玲　刘风　丁建华　严崇德　王建新　彭年　詹佳　程玉珠

20.心心恋曲

英文片名：*Undercover Angel*
原片分级：PG
电影类型：喜剧片，剧情片
原片上映时间：1999 年
原片导演：Bryan Michael Stoller
主要编剧：Bryan Michael Stoller，Bryan Michael Stoller
主演：Yasmine Bleeth，Dean Winters，Emily Mae Young
原片出品国：美国/加拿大（作为澳大利亚影片在中国公映）
译制片出品机构：上海电影译制厂有限公司
译制导演：伍经纬
剧本翻译：顾奇勇
部分配音演员：詹佳　童自荣　狄菲菲　丁建华　乔榛　程玉珠

21.西部侠情

英文片名：*The Patriot*

原片分级：R

电影类型：动作片，惊悚片

原片上映时间：1998 年

原片导演：Dean Semler

主要编剧：William Heine（著），M.Sussman

主演：Steven Seagal，L.Q.Jones，Gailard Sartain

译制片出品机构：八一电影制片厂

译制导演：彭河

剧本翻译：刘大勇　李瑞海

部分配音演员：李立宏　徐涛　张彭

22.花木兰

英文片名：*Mulan*

原片分级：G

电影类型：动画片，冒险片，家庭片

原片上映时间：1998 年

原片导演：Tony Bancroft，Barry Cook

主要编剧：Robert D.San Souci，Rita Hsiao

主演：Ming-Na Wen，Eddie Murphy，BD Wong

译制片出品机构：迪士尼国际配音公司

译制导演：彭河

剧本翻译：涂卫中

部分配音演员：成龙　陈佩斯　许晴　叶蓓　张潮　郭政建　张涵予　邵锋　李建义　劳力　冯宪珍　唐纪琛　党同义　田二喜　周志强　李立宏　郑建初

第三章　2000—2009 年上映的译制片

英国译制片

◈ 2000

1.月老儿

英文片名：*The Match Maker*
原片分级：R
电影类型：喜剧片，爱情片
原片上映时间：1997 年
原片导演：Mark Joffe
主要编剧：Greg Dinner，Karen Janszen
主演：Janeane Garofalo，David O'Hara，Milo O'Shea
译制片出品机构：长影集团译制片制作有限责任公司
译制导演：胡连华
剧本翻译：杜桂敏　吕得保
部分配音演员：孟丽　孙佳禾　吴克坚　刘大航

2.蓝眼睛米奇

英文片名：*Mickey Blue Eyes*
原片分级：PG-13
电影类型：喜剧片，犯罪片，爱情片
原片上映时间：1999 年
原片导演：Kelly Makin
主要编剧：Adam Scheinman，Robert Kuhn
主演：Hugh Grant，Jeanne Tripplehorn，James Caan
原片出品国：英国/美国
译制片出品机构：上海电影译制厂有限公司
译制导演：乔榛
剧本翻译：赵国华
部分配音演员：刘风　沈晓谦　姜玉玲　程玉珠　乔榛　任伟　王肖兵

3.角斗士

英文片名：*Gladiator*
原片分级：R
电影类型：动作片，冒险片，剧情片
原片上映时间：2000 年
原片导演：Ridley Scott
主要编剧：David Franzoni（著），David Franzoni
主演：Russell Crowe，Joaquin Phoenix，Connie Nielsen
原片出品国：英国/美国
译制片出品机构：上海电影译制厂有限公司
译制导演：丁建华
剧本翻译：赵国华
部分配音演员：乔榛　刘风　丁建华　尚华　白涛　沈晓谦　胡平智　严崇德　超美

4.小鸡快跑

英文片名：*Chicken Run*

原片分级：G

电影类型：动画片，冒险片，喜剧片

原片上映时间：2000 年

原片导演：Nick Park，Peter Lord

主要编剧：Peter Lord，Nick Park

主演：Mel Gibson，Julia Sawalha，Phil Daniels

译制片出品机构：上海电影译制厂有限公司

译制导演：丁建华

剧本翻译：顾奇勇

部分配音演员：刘风　狄菲菲　程玉珠　王建新　丁建华　曾丹　沈晓谦　姜玉玲　胡平智　童自荣

2001

本性可移

英文片名：*The Sea Change*

原片分级：无

电影类型：喜剧片，爱情片

原片上映时间：1998 年

原片导演：Michael Bray

主要编剧：Michael Bray，Billy Hurman

主演：Maryam d'Abo，Sean Chapman，Ray Winstone

译制片出品机构：长影集团译制片制作有限责任公司

译制导演：胡连华

剧本翻译：杜桂敏　吕得保

部分配音演员：王晓巍　郭金非　王博　王利军

◈ 2003

1.憨探奇案

英文片名：*Johnny English*
原片分级：PG
电影类型：动作片，冒险片，喜剧片
原片上映时间：2003 年
原片导演：Peter Howitt
主要编剧：Neal Purvis，Robert Wade
主演：Rowan Atkinson，John Malkovich，Natalie Imbruglia
原片出品国：英国/法国
译制片出品机构：上海电影译制厂有限公司
译制导演：丁建华
剧本翻译：赵国华
部分配音演员：王肖兵　童自荣　钱悦　海帆　程玉珠

2.钢琴家

英文片名：*The Pianist*
原片分级：R
电影类型：人物传记，剧情片，音乐片
原片上映时间：2002 年
原片导演：Roman Polanski
主要编剧：Wladyslaw Szpilman（著），Ronald Harwood
主演：Adrien Brody，Thomas Kretschmann，Frank Finlay
原片出品国：英国/法国/德国/波兰
原片所获奖项：第 75 届奥斯卡金像奖最佳导演、最佳男主角、最佳改编剧本，第 56 届英国电影学院奖最佳影片、最佳导演
译制片出品机构：上海电影译制厂有限公司

译制导演：丁建华
剧本翻译：许思悦
部分配音演员：刘风　任伟　乔榛　王建新　丁建华　姜玉玲　王肖兵　钱悦　黄莺　桂楠　海帆

◈ 2005

1.丘吉尔好莱坞年代

英文片名：*Churchill：The Hollywood Years*
原片分级：无
电影类型：喜剧片，战争片
原片上映时间：2004 年
原片导演：Peter Richardson
主要编剧：Peter Richardson，Pete Richens
主演：Miranda Richardson，Antony Sher，Christian Slater
译制片出品机构：上海电影译制厂有限公司
译制导演：胡平智
剧本翻译：邹灵
部分配音演员：刘风　程玉珠　王肖兵　胡平智　海帆　翟巍　任伟　王建新　桂楠　吴磊　曾丹　狄菲菲　黄莺　詹佳　杨艳丽

2.哈利·波特与火焰杯

英文片名：*Harry Potter and the Goblet of Fire*
原片分级：PG-13
电影类型：冒险片，家庭片，奇幻片
原片上映时间：2005 年
原片导演：Mike Newell
主要编剧：J.K.Rowling（著），Steve Kloves
主演：Daniel Radcliffe，Emma Watson，Rupert Grint

原片出品国：英国/美国
译制片出品机构：上海电影译制厂有限公司
译制导演：程玉珠
剧本翻译：顾奇勇
部分配音演员：张欣　詹佳　王肖兵　吴磊　翟巍　曾丹　桂楠　任伟　黄莺　陈兆雄　胡平智　程玉珠　丁建华

3.伯爵夫人

英文片名：*The White Countess*
原片分级：PG-13
电影类型：剧情片，历史片，爱情片
原片上映时间：2005 年
原片导演：James Ivory
主要编剧：Kazuo Ishiguro
主演：Ralph Fiennes，Natasha Richardson，Vanessa Redgrave
原片出品国：英国/美国/德国/中国（作为中英合拍影片在中国公映）
译制片出品机构：上海电影译制厂有限公司
译制导演：狄菲菲
剧本翻译：李晓军　何瑾
部分配音演员：刘风　狄菲菲　周野芒　苏秀　曹雷　富润生　田水　林栋甫　詹佳　王肖兵　任伟　桂楠　吴磊　翟巍　胡平智　程玉珠　杨梦露

4.网住爱情

英文片名：*Wimbledon*
原片分级：PG-13
电影类型：喜剧片，爱情片，体育运动片
原片上映时间：2004 年
原片导演：Richard Loncraine

主要编剧：Adam Brooks，Jennifer Flackett

主演：Kirsten Dunst，Paul Bettany，Jon Favreau

译制片出品机构：长影集团译制片制作有限责任公司

译制导演：刘大航

剧本翻译：付晶

部分配音演员：王利军　王晓巍　孟令军　虞桐伟

◈ 2006

1.一球成名

英文片名：*Goal!*

原片分级：PG-13

电影类型：剧情片，爱情片，体育运动片

原片上映时间：2005 年

原片导演：Danny Cannon

主要编剧：Mike Jefferies，Adrian Butchart

主演：Kuno Becker，Alessandro Nivola，Anna Friel

原片出品国：英国/美国

译制片出品机构：上海电影译制厂有限公司

译制导演：程玉珠

剧本翻译：顾奇勇

部分配音演员：翟巍　沈磊　黄莺　刘风　吴磊　王肖兵　桂楠　王建新　刘钦　沈达威

2.加菲猫 2

英文片名：*Garfield：A Tail of Two Kitties*

原片分级：PG

电影类型：动画片，喜剧片，家庭片

原片上映时间：2006 年

原片导演：Tim Hill

主要编剧：Joel Cohen，Alec Sokolow

主演：Breckin Meyer，Jennifer Love Hewitt，Billy Connolly

原片出品国：英国/美国

译制片出品机构：上海电影译制厂有限公司

译制导演：工建新

剧本翻译：顾奇勇

部分配音演员：翟巍　詹佳　王肖兵　戴学庐　黄莺　刘钦　刘风　程玉珠　陈兆雄　桂楠　海帆　胡平智　吴磊　崔杰　曾丹　狄菲菲　王建新　严丽祯

3.神秘群岛

英文片名：*Half Light*

原片分级：R

电影类型：剧情片，恐怖片，悬疑片

原片上映时间：2006 年

原片导演：Craig Rosenberg

主要编剧：Craig Rosenberg

主演：Demi Moore，Henry Ian Cusick，Nicholas Gleaves

原片出品国：英国/德国

译制片出品机构：上海电影译制厂有限公司　华夏电影发行有限责任公司

译制导演：狄菲菲

剧本翻译：许思悦

部分配音演员：狄菲菲　翟巍　王肖兵　桂楠　黄莺　曾丹　詹佳　俞红　陈兆雄　胡平智　黄雷

4.雾都孤儿

英文片名：*Oliver Twist*

原片分级：PG-13

电影类型：犯罪片，剧情片

原片上映时间：2005 年

原片导演：Roman Polanski

主要编剧：Charles Dickens（著），Ronald Harwood

主演：Barney Clark，Ben Kingsley，Jeremy Swift

原片出品国：捷克/英国/法国/意大利（作为法国出品、狄更斯经典同名小说改编影片在中国公映）

译制片出品机构：华夏电影发行有限责任公司　北京电影制片厂

译制导演：廖菁　张伟

配音翻译：顾铁军

部分配音演员：赵晓明　陆揆　党昇　王俪桦　徐涛　盖文革　陈浩毛毛头

◈ 2007

1.憨豆的黄金周

英文片名：*Mr.Bean's Holiday*

原片分级：G

电影类型：喜剧片，家庭片

原片上映时间：2007 年

原片导演：Steve Bendelack

主要编剧：Rowan Atkinson，Richard Curtis

主演：Rowan Atkinson，Willem Dafoe，Steve Pemberton

原片出品国：英国/法国/德国

译制片出品机构：上海电影译制厂有限公司

译制导演：狄菲菲

剧本翻译：顾奇勇

部分配音演员：程玉珠　黄莺　郭易峰　王肖兵

2.哈利·波特与凤凰社

英文片名：*Hary Potter and the Order of the Phoenix*
原片分级：PG-13
电影类型：动作片，冒险片，家庭片
原片上映时间：2007 年
原片导演：David Yates
主要编剧：J.K.Rowling（著），Michael Goldenberg
主演：Daniel Radcliffe，Emma Watson，Rupert Grint
原片出品国：英国/美国
译制片出品机构：上海电影译制厂有限公司
译制导演：丁建华
剧本翻译：顾奇勇
部分配音演员：吴磊　沈达葳　黄莺　乔榛　张欣　俞红　詹佳　刘风　王肖兵　陈兆雄　刘家祯　洪海天　程玉珠　王建新　丁建华

3.空战英豪

英文片名：*Flyboys*
原片分级：PG-13
电影类型：动作片，剧情片，历史片
原片上映时间：2006 年
原片导演：Tony Bill
主要编剧：Phil Sears，Blake T.Evans
主演：James Franco，Jean Reno，Jennifer Decker
译制片出品机构：长影集团译制片制作有限责任公司
译制导演：孟丽
剧本翻译：李红
部分配音演员：凌云　孟令军　杨鸣　姜广涛

4.风暴突击者

英文片名：*Stormbreaker*（又名：*Alex Rider：Operation Stormbreaker*）

原片分级：PG

电影类型：动作片，冒险片，家庭片

原片上映时间：2006 年

原片导演：Geoffrey Sax

主要编剧：Anthony Horowitz，Anthony Horowitz

主演：Alex Pettyfer，Mickey Rourke，Sophie Okonedo

原片出品国：英国/美国/德国（作为英国影片在中国公映）

译制片出品机构：长影集团译制片制作有限责任公司

译制导演：刘大航

剧本翻译：李红

部分配音演员：孟令军　王利军　胡连华　郭金非

5.女王

英文片名：*The Queen*

原片分级：PG-13

电影类型：人物传记，剧情片，历史片

原片上映时间：2006 年

原片导演：Stephen Frears

主要编剧：Peter Morgan

主演：Helen Mirren，Michael Sheen，James Cromwell

原片出品国：英国/美国/法国/意大利（作为英国影片在中国公映）

译制片出品机构：八一电影制片厂

译制导演：廖菁　张伟

剧本翻译：翰文

部分配音演员：徐燕　王明军　赵晓明　杨晨　李智伟　刘之玲　李易　王凯　周志强　赵述仁　金永刚　杨波　韩童生　廖菁　陆揆　晏积瑄　张伟　海顿　陈倩　毛毛头　金哲

6.痴男怨女

英文片名：*A Good Woman*

原片分级：PG

电影类型：剧情片，喜剧片，爱情片

原片上映时间：2004 年

原片导演：Mike Barker

主要编剧：Oscar Wilde，Howard Himelstein

主演：Helen Hunt，Scarlett Johansson，Tom Wilkinson

原片出品国：英国/意大利/西班牙/卢森堡/美国（作为英国影片在中国公映）

译制片出品机构：八一电影制片厂

译制导演：廖菁　张伟

剧本翻译：马建丽

部分配音演员：廖菁　季冠琳　徐涛　陈浩　赵岭　冯宪珍　白涛　张云明　晏积暄　张凯　张伟　姚麟

7.生死格斗

英文片名：*Dead or Alive*

原片分级：PG-13

电影类型：动作片，冒险片

原片上映时间：2006 年

原片导演：Corey Yuen（元奎）

主要编剧：J.F.Lawton，Adam Gross

主演：Jaime Pressly，Devon Aoki，Sarah Carter

原片出品国：英国/德国/美国/日本（作为德国电影/德美合拍影片在中国公映）

译制片出品机构：长影集团译制片制作有限责任公司

译制导演：王晓巍

剧本翻译：李红

部分配音演员：杨鸣　牟珈论　孟丽　纪艳芳　刘大航　王淼　孟令军　王利军　王琛　郭金非　杨波　虞桐伟　何中石　刘娜

◈ 2008

1.成为简·奥斯汀

英文片名：*Becoming Jane*

原片分级：PG

电影类型：人物传记，剧情片，爱情片

原片上映时间：2007 年

原片导演：Julian Jarrold

主要编剧：Jane Austen（著），Kevin Hood

主演：Anne Hathaway，James McAvoy，Julie Walters

译制片出品机构：上海电影译制厂有限公司

译制导演：程玉珠

剧本翻译：许思悦

部分配音演员：詹佳　吴磊　魏思芸　刘风　吴文伦　王肖兵　俞红　叶露　黄莺　程玉珠　狄菲菲　胡平智　翟巍　桂楠　海帆　王燕华

2.赎罪

英文片名：*Atonement*

原片分级：R

电影类型：剧情片，悬疑片，爱情片

原片上映时间：2007 年

原片导演：Joe Wright

主要编剧：Ian McEwan（著），Christopher Hampton

主演：Keira Knightley，James McAvoy，Brenda Blethyn

原片出品国：英国/法国/美国

译制片出品机构：上海电影译制厂有限公司

译制导演：任伟　胡平智

剧本翻译：顾奇勇

部分配音演员：黄莺　范楚绒　詹佳　曹雷　桂楠　刘风　吴磊　程晓桦　杨梦露　黄笑姚　王建新　吴文伦　王肖兵　胡平智　李正翔　卞怡昕　袁润祺

3.水啸雾都

英文片名：*Flood*

电影类型：动作片，剧情片，惊悚片

原片分级：TV14

原片上映时间：2007 年

原片导演：Tony Mitchell

主要编剧：Justin Bodle，Matthew Cope

主演：Robert Carlyle，Jessalyn Gilsig，Tom Courtenay

原片出品国：英国/南非/加拿大（作为英国影片在中国公映）

译制片出品机构：长影集团译制片制作有限责任公司

译制导演：刘大航

剧本翻译：李红

部分配音演员：孟令军　王晓巍　纪艳芳

4.深湖巨兽

英文片名：*Mee-Shee：The Water Giant*

原片分级：PG

电影类型：冒险片，家庭片，奇幻片

原片上映时间：2005 年

原片导演：John Henderson

主要编剧：Barry Authors

主演：Bruce Greenwood，Daniel Magder，Rena Owen

译制片出品机构：长影集团译制片制作有限责任公司
译制导演：孟丽
剧本翻译：李红
部分配音演员：王利军　纪艳芳　刘大航

◈ 2009

1.贫民窟的百万富翁

英文片名：*Slumdog Millionaire*
原片分级：R
电影类型：剧情片，爱情片
原片上映时间：2008年
原片导演：Danny Boyle
主要编剧：Simon Beaufoy，Vikas Swarup
主演：Dev Patel，Freida Pinto，Saurabh Shukla
译制片出品机构：上海电影译制厂有限公司
译制导演：曾丹
剧本翻译：顾奇勇
部分配音演员：翟巍　蔡佳伟　洪海天　吴磊　黄超　程玉珠　郭易峰　刘钦　海帆　曾丹　詹佳　王肖兵　俞红

2.哈利·波特与混血王子

英文片名：*Harry Potter and the Half-Blood Prince*
原片分级：PG
电影类型：动作片，冒险片，家庭片
原片上映时间：2009年
原片导演：David Yates
主要编剧：J.K.Rowling(著)，Steve Kloves
主演：Daniel Radcliffe，Emma Watson，Rupert Grint

原片出品国：英国/美国
译制片出品机构：上海电影译制厂有限公司
译制导演：丁建华
剧本翻译：刘雪蔚
部分配音演员：吴磊　沈达威　黄莺　刘彬　章海虹　丁建华　余冠廷　詹佳　程玉珠　刘风　翟巍　狄菲菲　杜楠　陈兆雄　刘钦　海帆　张欣　贾志超　杨海因　胡平智　俞红　蔡佳伟　俞红　叶露　曾丹　范楚绒

3.澳洲乱世情

英文片名：*Australia*
原片分级：PG-13
电影类型：冒险片,喜剧片,剧情片
原片上映时间：2008 年
原片导演：Baz Luhrmann
主要编剧：Stuart Beattie, Baz Luhrmann
主演：Nicole Kidman, Hugh Jackman, Shea Adams
原片出品国：英国/澳大利亚/美国
译制片出品机构：北京电影制片厂
译制导演：张云明
剧本翻译：翰文
部分配音演员：王雪纯　陆揆　倪志鹏　茅菁　韩童生　路建艺

美国译制片

◈ 2000

1.芭蕾

英文片名：*Ballet*

电影类型：纪录片
原片上映时间：1995年
原片导演：Frederick Wiseman
主演：Mitchell Bloom,Julio Bocca,Brenda-Li
译制片出品机构：上海电影译制厂有限公司
译制导演：严崇德
剧本翻译：顾奇勇
部分配音演员：刘风　姜玉玲　任伟　狄菲菲　程玉珠　沈晓谦　童自荣

2.风暴

英文片名：*Storm*
原片分级：无
电影类型：惊悚片
原片上映时间：1999年
原片导演：Harris Done
主要编剧：Phillip J.Roth,Patrick Phillips
主演：Luke Perry,Martin Sheen,Robert Knott
译制片出品机构：长影集团译制片制作有限责任公司
译制导演：孙佳禾
剧本翻译：杜桂敏　吕得保
部分配音流员：崔晓东　程学斌　刘大航　郭金非

3.魔鬼刺客

英文片名：*The Shooter/Hidden Assasin*
原片分级：R
电影类型：动作片,剧情片,犯罪片
原片上映时间：1995年
原片导演：Ted Kotcheff

主要编剧：Yves André Martin，Yves André Martin

主演：Dolph Lundgren，Maruschka Detmers，Assumpta Serna

原片出品国：捷克/英国/法国/西班牙/美国（作为美国影片在中国公映）

译制片出品机构：长影集团译制片制作有限责任公司

译制导演：刘大航

剧本翻译：杜桂敏　吕得保

部分配音演员：刘大航　胡连华　孟丽　崔慕燕

4.星际之门

英文片名：*Stargate*

原片分级：PG-13

电影类型：动作片，冒险片，科幻片

原片上映时间：1994 年

原片导演：Roland Emmerich

主要编剧：Dean Devlin，Roland Emmerich

主演：Kurt Russell，James Spader，Jaye Davidson

原片出品国：美国/法国

译制片出品机构：长影集团译制片制作有限责任公司

译制导演：胡连华

剧本翻译：杜桂敏

部分配音演员：孙佳禾　王利军　崔慕燕　郭金非

5.暗夜缉凶

英文片名：*Black and White*

原片分级：R

电影类型：犯罪片，剧情片，音乐片

原片上映时间：1999 年

原片导演：James Toback

主要编剧：James Toback

主演：Ben Stiller，Allan Houston，Claudia Schiffer

译制片出品机构：长影集团译制片制作有限责任公司

译制导演：胡连华

剧本翻译：杜桂敏

部分配音演员：孟丽　郭金非　王利军　崔慕燕

6.扫雷计划

英文片名：*Sweepers*

原片分级：R

电影类型：动作片，冒险片，剧情片

原片上映时间：1998 年

原片导演：Keoni Waxman

主要编剧：Kevin Bernhardt

主演：Dolph Lundgren，Bruce Payne，Claire Stansfield

译制片出品机构：长影集团译制片制作有限责任公司

译制导演：胡连华

剧本翻译：杜桂敏　吕得保

部分配音演员：刘大航　崔慕燕　王利军　胡连华

7.大雪崩

英文片名：*Avalanche*

原片分级：PG-13

电影类型：动作片，惊悚片

原片上映时间：1999 年

原片导演：Steve Kroschel

主要编剧：Steve Kroschel

主演：Thomas Ian Griffith，Caroleen Feeney，R.Lee Ermey

译制片出品机构：长影集团译制片制作有限责任公司

译制导演：刘大航
剧本翻译：杜桂敏　吕得保
部分配音演员：孟丽　孙佳禾　崔晓冬　王利军

8.精灵鼠小弟

英文片名：*Stuart Litle*
原片分级：PG
电影类型：冒险片，喜剧片，家庭片
原片上映时间：1999 年
原片导演：Rob Minkoff
主要编剧：E.B.White，M.Night Shyamalan
主演：Michael J.Fox，Geena Davis，Hugh Laurie
原片出品国：美国/德国（作为美国影片在中国公映）
译制片出品机构：上海电影译制厂有限公司
译制导演：乔榛
剧本翻译：刘雪慰
部分配音演员：丁建华　程玉珠　沈晓谦　詹佳　刘风　王肖兵　姜玉玲　张欣

9.双重阴谋

英文片名：*Double Jeopardy*
原片分级：R
电影类型：犯罪片，剧情片，悬疑片
原片上映时间：1999 年
原片导演：Bruce Beresford
主要编剧：David Weisberg，Douglas Cook
主演：Ashley Judd，Tommy Lee Jones，Bruce Greenwood
原片出品国：美国/德国/加拿大
译制片出品机构：上海电影译制厂有限公司

译制导演：丁建华
剧本翻译：赵国华
部分配音演员：沈晓谦　丁建华　程玉珠　狄菲菲　王建新　乔榛

10.玫瑰神偷

英文片名：*The Real McCoy*
原片分级：PG-13
电影类型：犯罪片，剧情片，惊悚片
原片上映时间：1993 年
原片导演：Russell Mulcahy
主要编剧：Desmond Lowden（著），William Davies
主演：Kim Basinger，Val Kilmer，Terence Stamp
译制片出品机构：上海电影译制厂有限公司
译制导演：沈晓谦
剧本翻译：刘雪慰
部分配音演员：狄菲菲　张欣　程玉珠　白涛　胡平智　王肖兵

11.暗藏杀机

英文片名：*The Stray*
原片分级：R
电影类型：惊悚片
原片上映时间：2000 年
原片导演：Kevin Mock
主要编剧：Terry Cunningham
主演：Michael Madsen，Angie Everhart，Stefan Lysenko
译制片出品机构：上海电影译制厂有限公司
译制导演：丁建华
剧本翻译：赵国华
部分配音演员：程玉珠　狄菲菲　沈晓谦　胡平智　武向彤　王肖兵　任伟

12.惊天行动

英文片名：*Counter Measures*
原片分级：R
电影类型：动作片，惊悚片，剧情片
原片上映时间：1998 年
原片导演：Fred Olen Ray
主要编剧：Steve Latshaw
主演：Michael Dudikoff，James Horan，Alexander Keith
译制片出品机构：上海电影译制厂有限公司
译制导演：乔榛
剧本翻译：李晓军
部分配音演员：沈晓谦　刘风　丁建华　白涛　程玉珠　王肖兵　任伟　胡平智

13.狂飙战警

英文片名：*Automatic*
原片分级：R
电影类型：动作片，科幻片，惊悚片
原片上映时间：1994 年
原片导演：John Murlowski
主要编剧：Patrick Highsmith，Patrick Highsmith
主演：Olivier Gruner，Daphne Ashbrook，John Glover
译制片出品机构：上海电影译制厂有限公司
译制导演：严崇德
剧本翻译：赵国华
部分配音演员：刘风　狄菲菲　沈晓谦　姜玉玲　程玉珠　陈超美　王肖兵　武向影　胡平智

14.第六感女神

英文片名：*The Muse*

原片分级：PG-13

电影类型：喜剧片

原片上映时间：1999年

原片导演：Albert Brooks

主要编剧：Albert Brooks，Monica Mcgowan Johnson

主演：Albert Brooks，Sharon Stone，Andie MacDowell

译制片出品机构：上海电影译制厂有限公司

译制导演：程玉珠

剧本翻译：赵国华

部分配音演员：沈晓谦　姜玉玲　王建新　白涛　童自荣　刘风　曾丹　詹佳

15.超时空恋爱

英文片名：*Blast from the Past*

原片分级：PG-13

电影类型：喜剧片，剧情片，爱情片

原片上映时间：1999年

原片导演：Hugh Wilson

主要编剧：Bill Kelly

主演：Brendan Fraser，Alicia Silverstone，Christopher Walken

译制片出品机构：上海电影译制厂有限公司

译制导演：沈晓谦

剧本翻译：顾奇勇

部分配音演员：金锋　范蕾颖　乔榛　丁建华　张欣　刘风

16.碟中谍 2

英文片名：*Mission：Imposible II*

原片分级：PG-13

电影类型：动作片，冒险片，惊悚片

原片上映时间：2000 年

原片导演：John Woo（吴宇森）

主要编剧：Bruce Geller，Ronald D.Moore

主演：Tom Cruise，Dougray Scott，Thandie Newton

原片出品国：美国/德国

译制片出品机构：上海电影译制厂有限公司

译制导演：乔榛

剧本翻译：刘雪慰

部分配音演员：刘风　王肖兵　曾丹　胡平智　陈迪　白涛　程玉珠　张欣　乔榛

17.完美风暴

英文片名：*The Perfect Storm*

原片分级：PG-13

电影类型：动作片，冒险片，剧情片

原片上映时间：2000 年

原片导演：Wolfgang Petersen

主要编剧：Sebastian Junger，William D.Wittliff

主演：George Clooney，Mark Wahlberg，John C.Reilly

译制片出品机构：上海电影译制厂有限公司

译制导演：丁建华

剧本翻译：李晓军

部分配音演员：乔榛　金锋　曾丹　白涛　王建新　刘风　沈晓新　刘风　沈晓谦　王肖兵

18.淘金奇缘

英文片名：*There Goes the Neighborhood*

原片分级：PG-13

电影类型：喜剧片，犯罪片，爱情片

原片上映时间：1992 年

原片导演：Bill Phillips

主要编剧：Bill Phillips

主演：Jeff Daniels，Catherine O'Hara，Hector Elizondo

译制片出品机构：上海电影译制厂有限公司

译制导演：程玉珠

剧本翻译：顾奇勇

部分配音演员：刘风　姜玉玲　王肖兵　狄菲菲　舒蓉　白涛　胡平智　童自荣　刘钦　曾丹

19.单身汉

英文片名：*The Bachelor*

原片分级：PG-13

电影类型：喜剧片，爱情片

原片上映时间：1999 年

原片导演：Gary Sinyor

主要编剧：Roi Cooper Megrue，Jean C.Havez

主演：Chris O'Donnell，Renée Zellweger，Artie Lange

译制片出品机构：上海电影译制厂有限公司

译制导演：王建新

剧本翻译：顾奇勇

部分配音演员：金锋　范蕾颖　胡平智　刘风　王肖兵　曾丹　沈晓谦　超美

20.总有骄阳

英文片名：*The Cider House Rules*
原片分级：PG-13
电影类型：剧情片，爱情片
原片上映时间：1999 年
原片导演：Lasse Hallström
主要编剧：John Irving
主演：Tobey Maguire，Charlize Theron，Michael Caine
译制片出品机构：上海电影译制厂有限公司
译制导演：沈晓谦
剧本翻译：赵国华
部分配音演员：金锋　沈晓谦　狄菲菲　王建新　武向彤　程玉珠　姜玉玲　丁建华　刘风　张欣　俞红

21.超级妈妈

英文片名：*Big Momma's House*
原片分级：PG-13
电影类型：动作片，喜剧片，犯罪片
原片上映时间：2000 年
原片导演：Raja Gosnell
主要编剧：Darryl Quarles
主演：Martin Lawrence，Nia Long，Paul Giamatti
原片出品国：美国/德国
译制片出品机构：上海电影译制厂有限公司
译制导演：乔榛
剧本翻译：顾奇勇
部分配音演员：沈晓谦　丁建华　程玉珠　刘风　俞红　徐刚　王肖兵

22.弦动我心

英文片名：*Music of the Heart*

原片分级：PG

电影类型：剧情片，音乐片

原片上映时间：1999 年

原片导演：Wes Craven

主要编剧：Pamela Gray

主演：Meryl Streep，Cloris Leachman，Henry Dinhofer

译制片出品机构：上海电影译制厂有限公司

译制导演：严崇德

剧本翻译：顾奇勇

部分配音演员：丁建华　乔榛　王建新　曾丹程　程玉珠　狄菲菲　童自荣　金锋　胡平智

23.霹雳天使

英文片名：*Charlie's Angels*

原片分级：PG-13

电影类型：动作片，冒险片，喜剧片

原片上映时间：2000 年

原片导演：Joseph McGinty Nichol

主要编剧：Ryan Rowe，Ed Solomon

主演：Cameron Diaz，Drew Barrymore，Lucy Liu

原片出品国：美国/德国

译制片出品机构：上海电影译制厂有限公司

译制导演：王建新

剧本翻译：顾奇勇

部分配音演员：姜玉玲　曾丹　丁建华　沈晓谦　刘风　乔榛　王建新　程玉珠　胡平智

24.西点揭秘

英文片名：*The General's Daughter*

原片分级：R

电影类型：犯罪片，剧情片，悬疑片

原片上映时间：1999 年

原片导演：Simon West

主要编剧：Nelson DeMille（著），Christopher Bertolini

主演：John Travolta，Madeleine Stowe，James Cromwell

译制片出品机构：八一电影制片厂

译制导演：彭河

剧本翻译：刘大勇

部分配音演员：张云明　张涵予　王丽桦　陆揆　程寅　赵晓明　韩童生　晏积暄　张伟

25.激战星河

英文片名：*Wing Commander*

原片分级：PG-13

电影类型：动作片，冒险片，科幻片

原片上映时间：1999 年

原片导演 Chris Roberts

主要编剧：Chris Roberts

主演：Freddie Prinze Jr.，Matthew Lillard，Saffron Burrows

译制片出品机构：八一电影制片厂

译制导演：张云明

剧本翻译：刘大勇

部分配音演员：翟万臣　张美娟　王凯　张长水　茅菁　段明　盖文革　耿莉华　成在群　马华

26.爱随心愿

英文片名：*Follow Your Heart*
原片分级：PG
电影类型：喜剧片
原片上映时间：1999 年
原片导演：Lorenzo Doumani
主要编剧：Lorenzo Doumani
主演：Ted McGinley，Brenda Epperson，Jack Scalia
译制片出品机构：长影集团译制片制作有限责任公司
译制导演：刘大航
剧本翻译：任姗姗
部分配音演员：孟丽　王利军　刘大航　陈红

27.神秘拼图

英文片名：*The Bone Collector*
原片分级：R
电影类型：犯罪片，剧情片，悬疑片
原片上映时间：1999 年
原片导演：Phillip Noyce
主要编剧：Jeffery Deaver（著），Jeremy Iacone
主演：Denzel Washington，Angelina Jolie，Queen Latifah
原片出品国：美国/加拿大
译制片出品机构：八一电影制片厂
译制导演：张云明
剧本翻译：涂卫中
部分配音演员：张云明　张美娟　翟万臣　盖文革

◈ 2001

1.当树枝折断时

英文片名：*When the Bough Breaks*
原片分级：R
电影类型：剧情片，惊悚片
原片上映时间：1994 年
原片导演：Michaël Cohen
主要编剧：Michael Cohn
主演：Ally Walker，Martin Sheen，Ron Perlman
译制片出品机构：长影集团译制片制作有限责任公司
译制导演：胡连华
剧本翻译：杜桂敏
部分配音演员：孟丽　华龙　徐丹　王利军

2.反托拉斯行动

英文片名：*Anti Trust*
原片分级：PG-13
电影类型：动作片，犯罪片，剧情片
原片上映时间：2001 年
原片导演：Peter Howitt
主要编剧：Howard Franklin
主演：Ryan Phillippe，Tim Robbins，Rachael Leigh Cook
译制片出品机构：长影集团译制片制作有限责任公司
译制导演：胡连华
剧本翻译：杜桂敏　吕得保
部分配音演员：崔晓东　孙佳禾　孟丽　陈红

3.拜见岳父母大人

英文片名：*Meet the Parents*
原片分级：PG-13
电影类型：喜剧片，爱情片
原片上映时间：2000年
原片导演：Jay Roach
主要编剧：Greg Glienna，Mary Ruth Clarke
主演：Ben Stiller，Robert De Niro，Teri Polo
译制片出品机构：上海电影译制厂有限公司
译制导演：严崇德
剧本翻译：刘雪慰
部分配音演员：沈晓谦　刘风　狄菲菲　姜玉玲　童自荣　金锋　胡平智　程玉珠　曾丹

4.浩劫惊魂

英文片名：*Epicenter*
原片分级：R
电影类型：动作片，冒险片，犯罪片
原片上映时间：2000年
原片导演：Richard Pepin
主要编剧：Gregg McBride
主演：Traci Lords，Gary Daniels，Jeff Fahey
译制片出品机构：上海电影译制厂有限公司
译制导演：程玉珠
剧本翻译：赵国华
部分配音演员：姜玉玲　任伟　胡平智　狄菲菲　沈晓谦　曾丹

5.继母

英文片名：*Stepmom*
原片分级：PG-13
电影类型：喜剧片，剧情片
原片上映时间：1998 年
原片导演：Chris Columbus
主要编剧：Gigi Levangie，Gigi Levangie
主演：Julia Roberts，Susan Sarandon，Ed Harris
译制片出品机构：上海电影译制厂有限公司
部分配音演员：丁建华　王建新　沈晓谦　徐刚　彭年　任伟　苏秀

6.决战中的较量

英文片名：*Enemy at the Gates*
原片分级：R
电影类型：剧情片，历史片，战争片
原片上映时间：2001 年
原片导演：Jean-Jacques Annaud
主要编剧：Jean-Jacques Annaud，Alain Godard
主演：Jude Law，Ed Harris，Joseph Fiennes
原片出品国：美国/德国/英国/爱尔兰（作为美国影片在中国公映）
译制片出品机构：上海电影译制厂有限公司
译制导演：严崇德
剧本翻译：赵国华
部分配音演员：金锋　任伟　姜玉玲　王肖兵　沈晓谦　曾丹　王建新　狄菲菲　程玉珠

7.剑鱼行动

英文片名：*Swordfish*

原片分级：R

电影类型：动作片，犯罪片，惊悚片

原片上映时间：2001 年

原片导演 Dominic Sena

主要编剧：Skip Woods

主演：John Travolta，Hugh Jackman，Halle Berry

原片出品国：美国/澳大利亚

译制片出品机构：上海电影译制厂有限公司

原片导演：程玉珠

剧本翻译：赵国华

部分配音演员：沈晓谦　刘风　狄菲菲　丁建华　胡平智　王肖兵　任伟　海帆　程玉珠　乔榛　童自荣　王建新　曾丹　詹佳　严崇德

8.木乃伊归来

英文片名：*The Mummy Returns*

原片分级：PG-13

电影类型：动作片，冒险片，奇幻片

原片上映时间：2001 年

原片导演：Stephen Sommers

主要编剧：Stephen Sommers

主演：Brendan Fraser，Rachel Weisz，John Hannah

译制片出品机构：上海电影译制厂有限公司

译制导演：丁建华

剧本翻译：赵国华

部分配音演员：刘风　丁建华　曾丹　程玉珠　王建新　童自荣　王肖兵　海帆　胡平智　任伟　金锋

9.古墓丽影

英文片名：*Lara Croft：Tomb Raider*
原片分级：PG-13
电影类型：动作片，冒险片，奇幻片
原片上映时间：2001 年
原片导演：Simon West
主要编剧：Sara B.Cooper，Mike Werb
主演：Angelina Jolie，Jon Voight，Iain Glen
原片出品国：美国/英国/德国/日本
译制片出品机构：上海电影译制厂有限公司
译制导演：丁建华
剧本翻译：顾奇勇
部分配音演员：丁建华　刘风　童自荣　王肖兵　程玉珠

10.侏罗纪公园 3

英文片名：*Jurassic Park III*
原片分级：PG-13
电影类型：动作片，冒险片，科幻片
原片上映时间：2001 年
原片导演：Joe Johnston
主要编剧：Michael Crichton，Peter Buchman
主演：Sam Neill，William H.Macy，Téa Leoni
译制片出品机构：上海电影译制厂有限公司
译制导演：曾丹
剧本翻译：顾奇勇
部分配音演员：刘风　张欣　王肖兵　曾丹　赵乾景　詹佳　程玉珠　黄莺　周帅

11.哈利·波特与魔法石

英文片名：*Harry Potter and the Sorcerer's Stone*

原片分级：PG

电影类型：冒险片，家庭片，奇幻片

原片上映时间：2001 年

原片导演：Chris Columbus

主要编剧：J.K.Rowling（著），Steve Kloves

主演：Daniel Radcliffe，Rupert Grint，Richard Harris

译制片出品机构：上海电影译制厂有限公司

译制导演：严崇德

剧本翻译：顾奇勇

部分配音演员：徐刚　曾丹　冯骏骅　刘风　陈兆雄　狄菲菲　王建新　海帆　金锋　任伟　童自荣　程玉珠　王肖兵　胡平智　俞红

12.垂直极限

英文片名：*Vertical Limit*

原片分级：PG-13

电影类型：动作片，冒险片，剧情片

原片上映时间：2000 年

原片导演：Martin Campbell

主要编剧：Robert King，Robert King

主演：Scott Glenn，Chris O'Donnell，Bill Paxton

原片出品国：美国/德国（作为美国影片在中国公映）

译制片出品机构：上海电影译制厂有限公司

译制导演：沈晓谦

剧本翻译：顾奇勇

部分配音演员：金锋　狄菲菲　沈晓谦　刘风　王肖兵　姜玉玲　程玉珠　任伟　童自荣　张欣　海帆　胡平智

13.致命追踪

英文片名：*The Chaos Factor*

原片分级：R

电影类型：动作片，剧情片，惊悚片

原片上映时间：2000 年

原片导演：Terry Cunningham

主要编剧：Terry Cunningham，John J.Kelly

主演：Antonio Sabato Jr.，Fredward，Kelly Rutherford

译制片出品机构：上海电影译制厂有限公司

译制导演：丁建华

剧本翻译：顾奇勇

部分配音演员：刘风　沈晓谦　乔榛　曾丹　狄菲菲　任伟　戴学庐　王肖兵　金锋　王建新　胡平智　程玉珠

14.生命的证据

英文片名：*Proof of Life*

原片分级：R

电影类型：动作片，剧情片，惊悚片

原片上映时间：2000 年

原片导演：Taylor Hackford

主要编剧：William Prochnau（著），Tony Gilroy

主演：Meg Ryan，Russell Crowe，David Morse

译制片出品机构：上海电影译制厂有限公司

译制导演：丁建华

剧本翻译：顾奇勇

部分配音演员：姜玉玲　刘风　乔榛　丁建华　王肖兵　程玉珠　沈晓谦　胡平智　曾丹

15.我最好朋友的婚礼

英文片名：*My Best Friend's Wedding*
原片分级：PG-13
电影类型：喜剧片，剧情片，爱情片
原片上映时间：1997 年
原片导演：P.J.Hogan
主要编剧：Ronald Bass
主演：Julia Roberts，Dermot Mulroney，Cameron Diaz
译制片出品机构：上海电影译制厂有限公司
部分配音演员：丁建华　刘风　曾丹　程玉珠

16.决战猩球

英文片名：*Planet of the Apes*
原片分级：PG-13
电影类型：动作片，冒险片，科幻片
原片上映时间：2001 年
原片导演：Tim Burton
主要编剧：Pierre Boulle（著），William Broyles Jr.
主演：Mark Wahlberg，Helena Bonham Carter，Tim Roth
译制片出品机构：上海电影译制厂有限公司
译制导演：严崇德
剧本翻译：赵国华
部分配音演员：任伟　丁建华　刘风　王肖兵　程玉珠　胡平智　曾丹　金锋　王建新　严崇德

17.怪物史瑞克

英文片名：*Shrek*

原片分级：PG
电影类型：动画片，冒险片，喜剧片
原片上映时间：2001 年
原片导演：Andrew Adamson，Vicky Jenson
主要编剧：William Steig（著），Ted Elliott
主演：Mike Myers，Eddie Murphy，Cameron Diaz
译制片出品机构：上海电影译制厂有限公司
译制导演：程玉珠
部分配音演员：胡平智　刘风　王肖兵

18.尖峰时刻 2

英文片名：*Rush Hour 2*
原片分级：PG-13
电影类型：动作片，喜剧片，犯罪片
原片上映时间：2001 年
原片导演：Brett Ratner
主要编剧：Ross LaManna，Jeff Nathanson
主演：Jackie Chan，Chris Tucker，John Lone
译制片出品机构：上海电影译制厂有限公司
部分配音演员：沈晓谦　程玉珠　张欣　刘风　曾丹　严崇德　胡平智　戴学庐　翁振新

19.珍珠港

英文片名：*Pearl Harbor*
原片分级：PG-13
电影类型：动作片，剧情片，历史片
原片上映时间：2001 年
原片导演：Michael Bay
主要编剧：Randall Wallace

主演：Ben Affleck，Kate Beckinsale，Josh Hartnett

原片所获奖项：第 75 届奥斯卡金像奖最佳音效剪辑

译制片出品机构：八一电影制片厂

译制导演：张云明　徐燕

剧本翻译：张栋

部分配音演员：孙悦斌　王磊　薛白　周志强　徐涛　程寅　张彭　张美娟　晏积宣　田波　何欣　扈倩倩　段明　李智伟　李建义　党同义　高杨　李志新　白玉林　张宇　王凯　金永刚　安吉羽　孟子家　张云明

译制片所获奖项：第 8 届华表奖优秀译制片奖，第 22 届金鸡奖最佳外国影片译制奖

20.佐罗的面具

英文片名：*The Mask of Zorro*

原片分级：PG-13

电影类型：动作片，冒险片，喜剧片

原片上映时间：1998

原片出品国：美国/德国/墨西哥(作为美国影片在中国公映)

原片导演：Martin Campbell

主要编剧：Johnston McCulley，Ted Elliott

主演：Antonio Banderas，Anthony Hopkins，Catherine Zeta-Jones

译制片出品机构：八一电影制片厂

译制导演：张云明

剧本翻译：刘大勇

部分配音演员：张云明　张涵予　廖菁　韩童生　李立宏　刘秀云　程寅　郭政建　段明　田波　赵晓明　张震

21.第六日

英文片名：*The 6th Day*

原片分级：PG-13

电影类型：动作片，悬疑片，科幻片
原片上映时间：2000 年
原片导演：Roger Spottiswoode
主要编剧：Cormac Wibberley，Marianne Wibberley
主演：Arnold Schwarzenegger，Michael Rapaport，Tony Goldwyn
原片出品国：美国/加拿大
译制片出品机构：八一电影制片厂
译制导演：张云明
剧本翻译：涂卫中
部分配音演员：陆揆　程寅　张美娟　薛白　茅菁　张云明

22.男人百分百

英文片名：*What Women Want*
原片分级：PG-13
电影类型：喜剧片，奇幻片，爱情片
原片上映时间：2000 年
原片导演：Nancy Meyers
主要编剧：Josh Goldsmith，Cathy Yuspa
主演：Mel Gibson，Helen Hunt，Marisa Tomei
译制片出品机构：八一电影制片厂
译制导演：张云明
剧本翻译：刘大勇
部分配音演员：徐涛　徐小青　陆揆　程寅

2002

1.宇宙追击令

英文片名：*The One*
原片分级：PG-13

电影类型：动作片，科幻片，惊悚片
原片上映时间：2001 年
原片导演：James Wong（黄毅瑜）
主要编剧：Glen Morgan，James Wong
主演：Jet Li，Carla Gugino，Delroy Lindo
译制片出品机构：长影集团译制片制作有限责任公司
译制导演：胡连华
剧本翻译：杜桂敏
部分配音演员：孙佳禾　王利军　王晓巍　刘大航

2.特工神童

英文片名：*Spy Kids*
原片分级：PG
电影类型：动作片，冒险片，喜剧片
原片上映时间：2001 年
原片导演：Robert Rodriguez
主要编剧：Robert Rodriguez
主演：Alexa Pena Vega，Daryl Sabara，Antonio Banderas
译制片出品机构：长影集团译制片制作有限责任公司
译制导演：胡连华
剧本翻译：杜桂敏
部分配音演员：华龙　王晓巍　莫颜铭　牟珈论

3.缘分天注定

英文片名：*Serendipity*
原片分级：PG-13
电影类型：喜剧片，爱情片
原片上映时间：2001 年
原片导演：Peter Chelsom

主要编剧：Marc Klein

主演：John Cusack，Kate Beckinsale，Jeremy Piven

译制片出品机构：上海电影译制厂有限公司

译制导演：王建新

剧本翻译：赵国华

部分配音演员：金锋　曾丹　任伟　叶露　刘风　狄菲菲　童自荣

4.最后的证人

英文片名：*Caracara/The Last Witness*

原片分级：R

电影类型：动作片，剧情片，惊悚片

原片上映时间：1999 年

原片导演：Graeme Clifford

主要编剧：Craig Smith

主演：Natasha Henstridge，Johnathon Schaech，Michael Filipowich

译制片出品机构：上海电影译制厂有限公司

译制导演：王建新

剧本翻译：陆颖莹

部分配音演员：丁建华　刘风　程玉珠　王肖兵

5.E.T.外星人

英文片名：*E.T.*：*The Extra-Terrestrial*

原片分级：PG

电影类型：家庭片，科幻片

原片上映时间：1982 年

原片导演：Steven Spielberg

主要编剧：Melissa Mathison

主演：Henry Thomas，Drew Barrymore，Peter Coyote

原片所获奖项：第 55 届奥斯卡金像奖最佳音响、最佳音效剪辑、最佳配

乐、最佳视觉效果

译制片出品机构：上海电影译制厂有限公司

译制导演：严崇德

剧本翻译：赵国华

部分配音演员：狄菲菲　王建新　金锋　詹佳　胡平智　刘风　曾丹　徐刚　程玉珠　童自荣　严崇德

（1982 年在中国限映，2002 年全国公映）

6.蜘蛛侠

英文片名：*Spider-Man*

原片分级：PG-13

电影类型：动作片，冒险片，科幻片

原片上映时间：2002 年

原片导演：Sam Raimi

主要编剧：Stan Lee（著），Steve Ditko（著），David Koepp

主演：Tobey Maguire，Kirsten Dunst，Willem Dafoe

译制片出品机构：上海电影译制厂有限公司

译制导演：丁建华　胡平智

剧本翻译：顾奇勇

部分配音演员：金锋　王肖兵　曾丹　任伟　王建新　乔榛　刘风　程玉珠　胡平智

7.精灵鼠小弟 2

英文片名：*Stuart Little 2*

原片分级：PG

电影类型：动画片，冒险片，喜剧片

原片上映时间：2002 年

原片导演：Rob Minkoff

主要编剧：E.B.White，Douglas Wick，Bruce Joel Rubin

主演：Michael J.Fox，Geena Davis，Hugh Laurie

译制片出品机构：上海电影译制厂有限公司

译制导演：乔 榛

剧本翻译：赵国华

部分配音演员：金锋　丁建华　程玉珠　詹佳　刘风　王肖兵　曾丹　海帆　胡平智

8.风语战士

英文片名：*Windtalkers*

原片分级：R

电影类型：动作片，剧情片，战争片

原片上映时间：2002 年

原片导演：John Woo（吴宇森）

主要编剧：John Rice，Joe Batteer

主演：Nicolas Cage，Adam Beach，Peter Stormare

译制片出品机构：上海电影译制厂有限公司

译制导演：王建新

剧本翻译：顾奇勇

部分配音演员：刘风　任伟　金锋　王肖兵　胡平智　程玉珠　刘钦　丁建华　海帆　陈兆雄　乔榛　余冠廷　王建新　贾志超　童自荣

9.隔世情缘

英文片名：*Kate & Leopold*

原片分级：PG-13

电影类型：喜剧片，奇幻片，爱情片

原片上映时间：2001 年

原片导演：James Mangold

主要编剧：Steven Rogers，James Mangold

主演：Meg Ryan，Hugh Jackman，Liev Schreiber

译制片出品机构：上海电影译制厂有限公司
译制导演：严崇德
部分配音演员：任伟　狄菲菲

10.临时特工

英文片名：*Bad Company*
原片分级：PG-13
电影类型：动作片，冒险片，喜剧片
原片上映时间：2002 年
原片导演：Joel Schumacher
主要编剧：Gary M.Goodman，David Himmelstein
主演：Anthony Hopkins，Chris Rock，Peter Stormare
原片出品国：美国/捷克
译制片出品机构：上海电影译制厂有限公司
译制导演：丁建华
部分配音演员：乔榛　张欣　胡平智　丁建华　曾丹　程玉珠　狄菲菲　王肖兵　刘风　任伟　王建新

11.神奇燕尾服

英文片名：*The Tuxedo*
原片分级：PG-13
电影类型：动作片，喜剧片，科幻片
原片上映时间：2002 年
原片导演：Kevin Donovan
主要编剧：Phil Hay，Matt Manfredi
主演：Jackie Chan，Jennifer Love Hewitt，Jason Isaacs
译制片出品机构：上海电影译制厂有限公司
译制导演：严崇德
剧本翻译：顾奇勇

部分配音演员：程玉珠　曾丹　王肖兵　刘风　童自荣　王建新

12.情归阿拉巴马

英文片名：*Sweet Home Alabama*
原片分级：PG-13
电影类型：喜剧片,爱情片
原片上映时间：2002 年
原片导演：Andy Tennant
主要编剧：Douglas J.Eboch,C.Jay Cox
主演：Reese Witherspoon,Patrick Dempsey,Josh Lucas
译制片出品机构：上海电影译制厂有限公司
部分配音演员：任伟　狄菲菲　刘风　胡平智　吴磊

13.哈利·波特与密室

英文片名：*Harry Potter and the Chamber of Secrets*
原片分级：PG
电影类型：冒险片,家庭片,奇幻片
原片上映时间：2002 年
原片导演：Chris Columbus
主要编剧：J.K.Rowling(著),Steve Kloves
主演：Daniel Radcliffe,Rupert Grint,Emma Watson
原片出品国：美国/德国
译制片出品机构：上海电影译制厂有限公司
译制导演：严崇德
剧本翻译：顾奇勇
部分配音演员：吴磊　黄莺　沈达威　程玉珠　乔榛　丁建华　刘风　童自荣　任伟　刘钦　虞鹏飞
译制片所获奖项：第 9 届华表奖优秀译制奖

14.冰川时代

英文片名：*Ice Age*
原片分级：PG
电影类型：动画片，冒险片，喜剧片
原片上映时间：2002 年
原片导演：Chris Wedge，Carlos Saldanha
主要编剧：Michael J.Wilson，Michael Berg
主演：Denis Leary，John Leguizamo，Ray Romano
译制片出品机构：上海电影译制厂有限公司
译制导演：程玉珠
剧本翻译：顾奇勇
部分配音演员：胡平智　刘风　张欣　王建新　王肖兵　丁建华　金锋

15.正义守望者

英文片名：*The Watcher*
原片分级：R
电影类型：犯罪片，剧情片，悬疑片
原片上映时间：2000 年
原片导演：Joe Charbanic
主要编剧：Darcy Meyers，David Elliot
主演：James Spader，Keanu Reeves，Marisa Tomei
译制片出品机构：长影集团译制片制作有限责任公司
译制导演：胡连华
剧本翻译：孙利民　潘颖
部分配音演员：孙佳禾　郭金非　孟丽　王利军

16.伯恩的身份

英文片名：*The Bourne Identity*
原片分级：PG-13
电影类型：动作片，悬疑片，惊悚片
原片上映时间：2002 年
原片导演：Doug Liman
主要编剧：Tony Gilroy，W.Blake Herron
主演：Franka Potente，Matt Damon，Chris Cooper
译制片出品机构：长影集团译制片制作有限责任公司
译制导演：胡连华
剧本翻译：杜桂敏
部分配音演员：郭金非　胡连华　孟丽　刘大航　王晓巍　孟令军　杨波　牟珈论　王利军　何中石　莫松刚　王晓巍　纪艳芳　杨鸣　王琛　虞彤伟

17.星球大战前传 II：克隆人进攻

英文片名：*Star Wars：Episode II-Attack of the Clones*
原片分级：PG
电影类型：动作片，冒险片，奇幻片
原片上映时间：2002 年
原片导演：George Lucas
主要编剧：George Lucas，Jonathan Hales
主演：Hayden Christensen，Natalie Portman，Ewan McGregor
译制片出品机构：八一电影制片厂
译制导演：廖菁、张伟
剧本翻译：刘大勇
部分配音演员：金锋　李智伟　唐烨　周志强　陆建艺　白涛　徐涛　张伟　敦政建　张云明　毛毛头　张涵予　晏积暄　韩童生　廖菁　王磊

18.指环王：护戒使者

英文片名：*The Lord of the Rings：The Fellowship of the Ring*

原片分级：PG-13

电影类型：冒险片，剧情片，奇幻片

原片上映时间：2001 年

原片导演：Peter Jackson

主要编剧：J.R.R.Tolkien(著)，Fran Walsh，Philippa Boyens，Peter Jackson

主演：Elijah Wood，Ian McKellen，Orlando Bloom

原片所获奖项：第 74 届奥斯卡金像奖最佳摄影、最佳视觉效果、最佳化妆、最佳电影配乐

译制片出品机构：八一电影制片厂

译制导演：廖菁　张伟

剧本翻译：刘大勇

部分配音演员：姜广涛　周志强　陆揆　田波　李立宏　冯宪珍　王磊　白涛　张磊

19.公主日记

英文片名：*The Princess Diaries*

原片分级：G

电影类型：喜剧片，家庭片，爱情片

原片上映时间：2001 年

原片导演：Garry Marshall

主要编剧：Meg Cabot(著)，Gina Wendkos

主演：Julie Andrews，Anne Hathaway，Hector Elizondo

译制片出品机构：八一电影制片厂

译制导演：张云明

剧本翻译：张栋

部分配音演员：薛白　徐燕　林兰　宴积瑄

◈ 2003

1.城市别动队

英文片名：*Scar City*
原片分级：R
电影类型：动作片，惊悚片
原片上映时间：1998 年
原片导演：Ken Sanzel
主要编剧：Ken Sanzel
主演：Stephen Baldwin，Tia Carrere，Renée Estevez
译制片出品机构：上海电影译制厂有限公司
译制导演：程玉珠
剧本翻译：许思悦
部分配音演员：王肖兵　余冠庭　曾丹　钱悦　桂楠　吴磊　程玉珠　翟巍

2.章鱼 II：东海惊魂

英文片名：*Octopus 2：River of Fear*
原片分级：R
电影类型：动作片，冒险片，恐怖片
原片上映时间：2001 年
原片导演：Yossi Wein
主要编剧：Boaz Davidson，Danny Lerner
主演：Michael Reilly Burke，Meredith Morton，Fredric Lehne
译制片出品机构：长影集团译制片制作有限责任公司
译制导演：刘大航
剧本翻译：张勇

部分配音演员：王晓巍　孟令军　杨波　王利军　杨小凡　莫颜铭　牟珈论　徐瑛蔚

3.曼哈顿灰姑娘

英文片名：*Maid in Manhattan*
原片分级：PG-13
电影类型：喜剧片，剧情片，爱情片
原片上映时间：2002 年
原片导演：Wayne Wang（王颖）
主要编剧：John Hughes，Kevin Wade
主演：Jennifer Lopez，Ralph Fiennes，Natasha Richardson
译制片出品机构：上海电影译制厂有限公司
译制导演：王建新
剧本翻译：顾奇勇
部分配音演员：曾丹　刘风　任伟　狄菲菲　叶露　冯骏骅

4.我知道你是谁

英文片名：*Catch Me if You Can*
原片分级：PG-13
电影类型：人物传记，犯罪片，剧情片
原片上映时间：2002 年
原片导演：Steven Spielberg
主要编剧：Frank Abagnale Jr.（著），Jeff Nathanson
主演：Leonardo DiCaprio，Tom Hanks，Christopher Walken
译制片出品机构：上海电影译制厂有限公司
译制导演：丁建华
剧本翻译：赵国华
部分配音演员：翟巍　王肖兵　丁建华　乔榛　刘风　任伟　童自荣　程玉珠　严崇德　黄莺

5.我的盛大希腊婚礼

英文片名：*My Big Fat Greek Wedding*

原片分级：PG

电影类型：喜剧片，剧情片，爱情片

原片上映时间：2002 年

原片导演：Joel Zwick

主要编剧：Nia Vardalos

主演：Nia Vardalos，John Corbett，Michael Constantine

原片出品国：加拿大/美国（作为美国影片在中国公映）

译制片出品机构：上海电影译制厂有限公司

译制导演：胡平智

剧本翻译：赵国华

部分配音演员：丁建华　刘风　王建新　王肖兵　乔榛　任伟　俞红　程玉珠　胡平智　曾丹　童自荣　钱悦　叶露　桂楠　章海红　彭年　黄莺　吴磊

6.地心抢险记

英文片名：*The Core*

原片分级：PG-13

电影类型：动作片，冒险片，科幻片

原片上映时间：2003 年

原片导演：Jon Amiel

主要编剧：Cooper Layne，John Rogers

主演：Aaron Eckhart，Hilary Swank，Delroy Lindo

原片出品国：美国/英国

译制片出品机构：上海电影译制厂有限公司

剧本翻译：顾奇勇

部分配音演员：刘风　钱悦　王肖兵　程玉珠　任伟　张欣　王建新　乔榛　吴磊　童自荣　黄莺

7.霹雳天使2

英文片名：*Charlie's Angels*：*Full Throttle*
原片分级：PG-13
电影类型：动作片，冒险片，喜剧片
原片上映时间：2003年
原片导演：Joseph McGinty Nichol
主要编剧：Ivan Goff，Ben Roberts
主演：Drew Barrymore，Lucy Liu，Cameron Diaz
译制片出品机构：上海电影译制厂有限公司
译制导演：王建新
剧本翻译：赵国华
部分配音演员：丁建华　狄菲菲　曾丹　乔臻　王建新　王肖兵　刘风　程玉珠　吴磊　余冠廷　海帆　俞红　钱悦

8.X战警

英文片名：*X-Men* 2
原片分级：PG-13
电影类型：动作片，科幻片，惊悚片
原片上映时间：2003年
原片导演：Bryan Singer
主要编剧：Zak Penn，David Hayter
主演：Patrick Stewart，Hugh Jackman，Halle Berry
原片出品国：美国/加拿大
译制片出品机构：上海电影译制厂有限公司
原片导演：程玉珠
剧本翻译：顾奇勇
部分配音演员：王肖兵　海帆　戴学庐　钱悦　狄菲菲　刘家祯　叶露　程玉珠　刘钦　胡平智　吴磊　桂楠　曾丹　黄莺

9.偷天换日

英文片名：*The Italian Job*

原片分级：PG-13

电影类型：动作片，犯罪片，惊悚片

原片上映时间：2003 年

原片导演：F.Gary Gray

主要编剧：Troy Kennedy-Martin，Donna Powers

主演：Donald Sutherland，Mark Wahlberg，Edward Norton

译制片出品机构：上海电影译制厂有限公司

译制导演：胡平智

剧本翻译：顾奇勇

部分配音演员：刘风　丁建华　童自荣　乔榛　王肖兵　吴磊　狄菲菲　曾丹　王建新　胡平智

10.反恐特警组

英文片名：*S.W.A.T.*

原片分级：PG-13

电影类型：动作片，冒险片，犯罪片

原片上映时间：2003 年

原片导演：Clark Johnson

主要编剧：Robert Hamner，Ron Mita

主演：Samuel L.Jackson，Colin Farrell，Michelle Rodriguez

译制片出品机构：上海电影译制厂有限公司

译制导演：胡平智

剧本翻译：顾奇勇

部分配音演员：刘风　翟巍　张欣　胡平智　海帆　胡谦　钱悦　童自荣　乔榛　王肖兵　丁建华　程玉珠　曾丹　王建新　狄菲菲　贾志超

11.从林奇兵

英文片名：*The Rundown*
原片分级：PG-13
电影类型：动作片，冒险片，喜剧片
原片上映时间：2003 年
原片导演：Peter Berg
主要编剧：R.J.Stewart
主演：Dwayne Johnson，Seann William Scott，Christopher Walken
译制片出品机构：上海电影译制厂有限公司
译制导演：王建新
剧本翻译：赵国华
部分配音演员：刘风　张欣　乔榛　丁建华　王肖兵

12.谍海计中计

英文片名：*The Recruit*
原片分级：PG-13
电影类型：动作片，惊悚片
原片上映时间：2003 年
原片导演：Roger Donaldson
主要编剧：Roger Towne，Kurt Wimmer
主演：Al Pacino，Colin Farrell，Bridget Moynahan
译制片出品机构：北京电影制片厂
译制导演：张伟　廖菁
部分配音演员：张震　徐涛　廖菁

13.绿巨人浩克

英文片名：*Hulk*

原片分级：PG-13
电影类型：动作片，科幻片
原片上映时间：2003 年
原片导演：Ang Lee（李安）
主要编剧：Stan Lee，Jack Kirby
主演：Eric Bana，Jennifer Connelly，Sam Elliott
译制片出品机构：北京电影制片厂
译制导演：张云明
剧本翻译：刘大勇
部分配音演员：姜广涛　张云明　赵晓明　陆揆　王凯

14.终结者 3

英文片名：*Terminator 3：Rise of the Machines*
原片分级：R
电影类型：动作片，科幻片
原片上映时间：2003 年
原片导演：Jonathan Mostow
主要编剧：James Cameron，Gale Anne Hurd
主演：Arnold Schwarzenegger，Nick Stahl，Kristanna Loken
译制片出品机构：北京电影制片厂
译制导演：张云明
剧本翻译：刘大勇
部分配音演员：陆揆　晏积喧　张震　刘明珠　宣晓明

15.海底总动员

英文片名：*Finding Nemo*
电影类型：动画片，冒险片，喜剧片
原片上映时间：2003 年
原片导演：Andrew Stanton

主要编剧：Andrew Stanton

主演：Albert Brooks，Ellen DeGeneres，Alexander Gould

原片出品国：美国/澳大利亚

译制片出品机构：八一电影制片厂

译制导演：张云明

剧本翻译：刘大勇

部分配音演员：张国立　徐帆　李凯悦　任亚明

16.超胆侠

英文片名：*Daredevil*

原片分级：PG-13

电影类型：动作片，犯罪片

原片上映时间：2003 年

原片导演：Mark Steven Johnson

主要编剧：Mark Steven Johnson

主演：Ben Affleck，Jennifer Garner，Colin Farrell

译制片出品机构：长影集团译制片制作有限责任公司

译制导演：刘大航

剧本翻译：杜桂敏

部分配音演员：崔晓冬　孟丽　胡连华　王利军　杨波　刘大航　徐红岩　纪艳芳　孟令军　郭金非　崔慕燕　莫颜铭

17.冷酷收获

英文片名：*Cold Harvest*

原片分级：R

电影类型：动作片，科幻片

原片上映时间：1999 年

原片导演：Isaac Florentine

主要编剧：Frank Dietz

主演：Gary Daniels，Bryan Genesse，Barbara Crampton

译制片出品机构：长影集团译制片制作有限责任公司

译制导演：孟丽

剧本翻译：张勇

部分配音演员：郭金非　杨波　王晓魏　王利军　孟令军　胡连华　林迪　虞彤伟　牟珈论

18.加勒比海盗

英文片名：*Pirates of the Caribbean*：*The Curse of the Black Pearl*

原片分级：PG-13

电影类型：动作片，冒险片，奇幻片

原片上映时间：2003 年

原片导演：Gore Verbinski

主要编剧：Ted Elliott，Terry Rossio

主演：Johnny Depp，Geoffrey Rush，Orlando Bloom

译制片出品机构：八一电影制片厂

译制导演：张云明

剧本翻译：李瑞海

部分配音演员：陆揆　廖菁　王磊　陆建艺　程寅　张云明　李智伟　任亚明　贾小军　光头王凯　高增志　叶保华　伍凤春　成在群

19.指环王：双塔奇兵

英文片名：*The Lord of the Rings*：*The Two Towers*

原片分级：PG-13

电影类型：冒险片，剧情片，奇幻片

原片上映时间：2002 年

原片导演：Peter Jackson

主要编剧：J.R.R.Tolkien（著），Fran Walsh

主演：Elijah Wood，Ian McKellen，Viggo Mortensen

原片所获奖项：第 76 届奥斯卡金像奖最佳音效剪辑、最佳视觉效果，第 60 届美国金球奖最佳服装设计、最佳特效

译制片出品机构：八一电影制片厂

译制导演：廖菁　张伟

剧本翻译：刘大勇

部分配音演员：姜广涛　陆揆　周志强　冯宪珍　王磊　徐涛　李世荣　廖青　田波

20.黑客帝国 II：重装上阵

英文片名：*The Matrix Reloaded*

原片分级：R

电影类型：动作片，科幻片

原片上映时间：2003 年

原片导演：Lana Wachowski，Lilly Wachowski

主要编剧：Lilly Wachowski，Lana Wachowski

主演：Keanu Reeves，Laurence Fishburne，Carrie-Anne Moss

译制片出品机构：北京电影制片厂

译制导演：廖菁　张伟

剧本翻译：刘大勇

部分配音演员：李亚鹏　廖青　盖文革　王磊　姜广涛　陆揆　徐燕　陆建艺　徐涛　李世荣　晏积暄　韩童生

21.黑客帝国 III：矩阵革命

英文片名：*The Matrix Revolutions*

原片分级：R

电影类型：动作片，科幻片

原片上映时间：2003 年

原片导演：Lana Wachowski，Lilly Wachowski

主要编剧：Lilly Wachowski，Lana Wachowski

主演：Keanu Reeves，Laurence Fishburne，Carrie-Anne Moss

译制片出品机构：北京电影制片厂

译制导演：廖菁　张伟

剧本翻译：刘大勇

部分配音演员：孙悦斌　盖文革　廖菁　任亚明　徐涛　徐燕　晏积暄　陆揆　李世荣　王磊　白涛　金永刚　张伟　韩童生　姜广涛　李智伟　毛毛头

22.亚马逊迷案

英文片名：*Flying Virus*

原片分级：R

电影类型：动作片，恐怖片，科幻片

原片上映时间：2001 年

原片导演：Jeff Hare

主要编剧：Jeff Hare，Zani Leo

主演：Gabrielle Anwar，Craig Sheffer，Rutger Hauer

原片出品国：美国/巴西（作为美国影片在中国公映）

译制片出品机构：长影集团译制片制作有限责任公司

译制导演：刘大航

剧本翻译：杜桂敏

部分配音演员：牟珈论　王琛　胡连华　龚彤伟　王利军　徐红岩　郭金非　莫松刚　杨波　徐瑛蔚　莫颜铭　何雨天　何中石　孟令军

◇ 2004

1.阿波罗 13

英文片名：*Apollo 13*

原片分级：PG

电影类型：冒险片，剧情片，历史片

原片上映时间：1995 年

原片导演：Ron Howard

主要编剧：Jim Lovell，Jeffrey Kluger

主演：Tom Hanks，Bill Paxton，Kevin Bacon

译制片出品机构：上海电影译制厂有限公司

译制导演：丁建华

剧本翻译：羊羽

部分配音演员：海帆　翟巍　胡平智　王肖兵　刘风　狄菲菲　桂楠　程玉珠　胡谦　王建新

2.蒙娜·丽莎的微笑

英文片名：*Mona Lisa Smile*

原片分级：PG-13

电影类型：剧情片

原片上映时间：2003 年

原片导演：Mike Newell

主要编剧：Lawrence Konner，Mark Rosenthal

主演：Julia Roberts，Kirsten Dunst，Julia Stiles

译制片出品机构：上海电影译制厂有限公司

译制导演：王建新

剧本翻译：顾奇勇

部分配音演员：丁建华　曾丹　钱悦　狄菲菲　黄莺　刘风　叶露　俞虹

3.致命报酬

英文片名：*Paycheck*

原片分级：PG-13

电影类型：动作片，悬疑片，科幻片

原片上映时间：2003 年

原片导演：John Woo(吴宇森)

主要编剧：Philip K.Dick(著),Dean Georgaris

主演：Ben Affleck,Aaron Eckhart,Uma Thurman

译制片出品机构：上海电影译制厂有限公司

译制导演：程玉珠

剧本翻译：赵国华

部分配音演员：刘风　王肖兵　叶露　海帆　程玉珠　丁建华　王建新

4.冷山

英文片名：*Cold Mountain*

原片分级：R

电影类型：冒险片,剧情片,历史片

原片上映时间：2003 年

原片导演：Anthony Minghella

主要编剧：Charles Frazier(著),Anthony Minghella

主演：Jude Law,Nicole Kidman,Renée Zellweger

译制片出品机构：上海电影译制厂有限公司

译制导演：丁建华

剧本翻译：顾奇勇

部分配音演员：刘风　丁建华　王建新　乔榛　俞红　程玉珠　王肖兵　胡平智　曾丹　桂楠　翟巍　海帆

5.50 次初恋

英文片名：50 *First Dates*

原片分级：PG-13

电影类型：喜剧片,剧情片,爱情片

原片上映时间：2004 年

原片导演：Peter Segal

主要编剧：George Wing

主演：Adam Sandler，Drew Barrymore，Rob Schneider
译制片出品机构：上海电影译制厂有限公司
译制导演：胡平智
剧本翻译：赵国华
部分配音演员：刘风　曾丹　翟巍　程玉珠　王肖兵　王建新　桂楠　胡平智　俞红　狄菲菲　黄莺　钱悦　叶露　章海虹

6.超级赛车

英文片名：*NASCAR：The IMAX Experience*
原片分级：PG
电影类型：体育运动片
原片上映时间：2004 年
原片导演：Simon Wincer
主要编剧：Mark Bechtel
主演：Kiefer Sutherland，Tony Stewart，Matt Kenseth
原片出品国：美国/加拿大
译制片出品机构：上海电影译制厂有限公司
译制导演：程玉珠
剧本翻译：外翻
部分配音演员：乔榛　刘风　翟巍　桂楠　丁建华　黄莺

7.怪物史瑞克 2

英文片名：*Shrek* 2
原片分级：PG
电影类型：动画片，冒险片，喜剧片
原片上映时间：2004 年
原片导演：Andrew Adamson，Conrad Vernon，Kelly Asbury
主要编剧：William Steig（著），Andrew Adamson
主演：Mike Myers，Eddie Murphy，Cameron Diaz

译制片出品机构：上海电影译制厂有限公司

译制导演：程玉珠

剧本翻译：许思悦

部分配音演员：王学兵　王肖兵　赵薇　丁建华　刘风　乔榛　任伟　王建新

8.蜘蛛侠 2

英文片名：*Spider-Man* 2

原片分级：PG-13

电影类型：动作片，冒险片，科幻片

原片上映时间：2004 年

原片导演：Sam Raimi

主要编剧：Stan Lee（著），Steve Ditko（著），Alfred Gough，Miles Millar，Michael Chabon，Alvin Sargent

主演：Tobey Maguire，Kirsten Dunst，Alfred Molina

译制片出品机构：上海电影译制厂有限公司

译制导演：王建新

剧本翻译：顾奇勇

部分配音演员：金锋　曾丹　刘风　吴磊　王建新　王肖兵　桂楠　狄菲菲　程玉珠　胡平智　叶露　余冠廷

9.哈利·波特与阿兹卡班的囚徒

英文片名：*Harry Potter and the Prisoner of Azkaban*

原片分级：PG

电影类型：冒险片，家庭片，奇幻片

原片上映时间：2004 年

原片导演：Alfonso Cuarón

主要编剧：J.K.Rowling（著），Steve Kloves

主演：Daniel Radcliffe，Emma Watson，Rupert Grint

原片出品国：美国/英国

译制片出品机构：上海电影译制厂有限公司

译制导演：丁建华

剧本翻译：顾奇勇

部分配音演员：吴磊　黄莺　沈达威　翟巍　乔榛　丁建华　王建新　胡平智　俞红　胡平智　王肖兵　张欣　刘风　程玉珠　潘征宇　海帆　王建新　余冠廷

10.双层公寓

英文片名：*Duplex*

原片分级：PG-13

电影类型：喜剧片

原片上映时间：2003 年

原片导演：Danny DeVito

主要编剧：Larry Doyle

主演：Ben Stiller, Drew Barrymore, Eileen Essell

译制导演：程玉珠

译制片出品机构：上海电影译制厂有限公司

剧本翻译：赵国华

部分配音演员：桂楠　曾丹　王建新　王肖兵　刘风　胡平智　程玉珠

11.后天

英文片名：*The Day after Tomorrow*

原片分级：PG-13

电影类型：动作片，冒险片，科幻片

原片上映时间：2004 年

原片导演：Roland Emmerich

主要编剧：Roland Emmerich

主演：Dennis Quaid, Jake Gyllenhaal, Emmy Rossum

译制片出品机构：上海电影译制厂有限公司

译制导演：胡平智

剧本翻译：顾奇勇

部分配音演员：刘风　沈达威　曾丹　翟巍　乔榛　王肖兵　严崇德　丁建华　程玉珠

12.加菲猫

英文片名：*Garfield*

原片分级：PG

电影类型：动画片，喜剧片，家庭片

原片上映时间：2004 年

原片导演：Peter Hewitt

主要编剧：Jim Davis（著），Joel Cohen

主演：Breckin Meyer，Jennifer Love Hewitt，Stephen Tobolowsky

译制片出品机构：上海电影译制厂有限公司

译制导演：王建新

剧本翻译：尚艺

部分配音演员：刘风　翟巍　崔杰　任伟　桂楠　吴磊　胡谦　俞红　陈兆雄　王建新　叶露　胡平智

13.我，机器人

英文片名：*I，Robot*

原片分级：PG-13

电影类型：动作片，犯罪片，剧情片

原片上映时间：2004 年

原片导演：Alex Proyas

主要编剧：Jeff Vintar，Akiva Goldsman

主演：Will Smith，Bridget Moynahan，Bruce Greenwood

译制片出品机构：上海电影译制厂有限公司

译制导演：丁建华

剧本翻译：顾奇勇

部分配音演员：桂楠　丁建华　翟巍　乔榛　黄莺　程玉珠　王肖兵　王建新　吴磊

14.极地特快

英文片名：*The Polar Express*

原片分级：G

电影类型：动画片，冒险片，喜剧片

原片上映时间：2004年

原片导演：Robert Zemeckis

主要编剧：Chris Van Allsburg（著），Robert Zemeckis

主演：Tom Hanks，Chris Coppola，Michael Jeter

译制片出品机构：上海电影译制厂有限公司

译制导演：丁建华

剧本翻译：顾奇勇

部分配音演员：沈达威　刘风　詹佳　翟巍　乔榛　王肖兵　叶露　海帆　程玉珠　丁建华　胡平智

15.冰雪勇士

英文片名：*Saints and Soldiers*

原片分级：PG-13

电影类型：动作片，剧情片，战争片

原片上映时间：2003年

原片导演：Ryan Little

主要编剧：Geoffrey Panos，Geoffrey Panos

主演：Corbin Allred，Alexander Polinsky，Kirby Heyborne

译制片出品机构：长影集团译制片制作有限责任公司

译制导演：孟丽

剧本翻译：张勇

部分配音演员：郭金非　孟令军　王利军　杨波

16.指环王：王者无敌

英文片名：*The Lord of the Rings*：*The Return of the King*

原片分级：PG-13

电影类型：冒险片，剧情片，奇幻片

原片上映时间：2003 年

原片导演：Peter Jackson

主要编剧：J.R.R.Tolkien（著），Fran Walsh

主演：Elijah Wood，Viggo Mortensen，Ian McKellen

原片所获奖项：2004 年第 76 届奥斯卡金像奖最佳影片、最佳导演、最佳改编剧本、最佳艺术指导、最佳服装设计、最佳混音、最佳电影剪辑、最佳视觉效果、最佳化妆、最佳原创歌曲、最佳配乐，2004 年第 61 届美国金球奖剧情类最佳影片、最佳导演、最佳原创歌曲、最佳电影配乐

译制片出品机构：八一电影制片厂

译制导演：廖菁　张伟

剧本翻译：顾铁军

部分配音演员：姜广涛　田波　陆揆　周志强　王磊　白涛　李世荣　赵晓明

17.烈火雄心

英文片名：*Ladder* 49

原片分级：PG-13

电影类型：剧情片，惊悚片

原片上映时间：2004 年

原片导演：Jay Russell

主要编剧：Lewis Colick

主演：Joaquin Phoenix，John Travolta，Jacinda Barrett

译制片出品机构：八一电影制片厂
译制导演：张云明
剧本翻译：顾铁军
部分配音演员：陆揆　张云明　王凯　茅菁　金永刚　李世荣

18.国家宝藏

英文片名：*National Treasure*
原片分级：PG
电影类型：动作片，冒险片，悬疑片
原片上映时间：2004 年
原片导演：Jon Turteltaub
主要编剧：Jim Kouf，Cormac Wibberley
主演：Nicolas Cage，Diane Kruger，Justin Bartha
译制片出品机构：八一电影制片厂
译制导演：张云明
剧本翻译：刘大勇　安韶峰
部分配音演员：陆揆　贾晓军　王凯　高增志　晏积暄　姚遴　叶宝华　张美娟　任亚明　茅菁　齐克建　张云明

19.亚瑟王

英文片名：*King Arthur*
原片分级：PG-13
电影类型：动作片，冒险片，剧情片
原片上映时间：2004 年
原片导演：Antoine Fuqua
主要编剧：David Franzoni
主演：Clive Owen，Stephen Dillane，Keira Knightley
译制片出品机构：北京电影制片厂
译制导演：张云明

剧本翻译：顾铁军

部分配音演员：张云明　陈光　茅菁　谷峰　金勇刚　白涛　王凯　廖菁　陈大纲　郭政建　叶宝华

译制片所获奖项：第 11 届华表奖优秀译制片奖

20.特洛伊

英文片名：*Troy*

原片分级：R

电影类型：剧情片，历史片

原片上映时间：2004 年

原片导演：Wolfgang Petersen

主要编剧：Homer（著），David Benioff

主演：Brad Pitt，Eric Bana，Orlando Bloom

译制片出品机构：北京电影制片厂

译制导演：张云明

剧本翻译：刘大勇

部分配音演员：金永刚　陆揆　王磊　薛白　徐涛　张云明　张涵予　林兰　徐晓青　晏积暄　高增志　赵晓明　王凯　白玉林　赵震　茅菁　盖文革　陆建艺　韩童生　成在群

21.怒海争锋

英文片名：*Master and Commander*：*The Far Side of the World*

原片分级：PG-13

电影类型：动作片，冒险片，剧情片

原片上映时间：2003 年

原片导演：Peter Weir

主要编剧：Patrick O'Brian（著），Peter Weir

主演：Russell Crowe，Paul Bettany，Billy Boyd

原片所获奖项：第 76 届奥斯卡金像奖最佳摄影、最佳音效剪辑

译制片出品机构：八一电影制片厂

译制导演：廖菁　张伟

剧本翻译：刘大勇

部分配音演员：陆揆　李智伟　张震　白涛　赵晓明　程寅　姜广涛　赵岭　王磊　张澎　刘润成　张伟　齐杰　陆建艺　陈浩　李云鹏

22.儿女一箩筐

英文片名：*Cheaper by the Dozen*

原片分级：PG

电影类型：喜剧片，家庭片

原片上映时间：2003年

原片导演：Shawn Levy

主要编剧：Frank B.Gilbreth Jr.（著），Ernestine Gilbreth Carey（著），Craig Titley，Sam Harper，Joel Cohen，Alec Sokolow

主演：Steve Martin，Bonnie Hunt，Hilary Duff

译制片出品机构：长影集团译制片制作有限责任公司

译制导演：刘大就　王晓藏

剧本翻译：张勇

部分配音演员：胡连华　孟丽　王晓巍　莫颜铭

23.谍影重重 II

英文片名：*The Bourne Supremacy*

原片分级：PG-13

电影类型：动作片，悬疑片，惊悚片

原片上映时间：2004年

原片导演：Paul Greengrass

主要编剧：Robert Ludlum（著），Tony Gilroy

主演：Matt Damon，Franka Potente，Joan Allen

译制片出品机构：长影集团译制片制作有限责任公司

译制导演：刘大航
剧本翻译：杜桂敏
部分配音演员：郭金非　孟丽　孟令军　刘大航

24.王子与我

英文片名：*The Prince & Me*
原片分级：PG
电影类型：喜剧片，家庭片，爱情片
原片上映时间：2004 年
原片导演：Martha Coolidge
主要编剧：Mark Amin，Katherine Fugate
主演：Julia Stiles，Luke Mably，Miranda Richardson
原片出品国：美国/捷克（作为加拿大影片在中国公映）
译制片出品机构：长影集团译制片制作有限责任公司
译制导演：刘大航
剧本翻译：张勇
部分配音演员：孟令军　王晓巍

2005

1.狂蟒之灾：搜寻血兰

英文片名：*Anacondas：The Hunt for the Blood Orchid*
原片分级：PG-13
电影类型：动作片，冒险片，恐怖片
原片上映时间：2004 年
原片导演：Dwight H.Little
主要编剧：Hans Bauer，Jim Cash
主演：Morris Chestnut，KaDee Strickland，Eugene Byrd
译制片出品机构：上海电影译制厂有限公司

译制导演：王建新
剧本翻译：顾奇勇
部分配音演员：刘风　翟巍　丁建华　叶露　程玉珠　吴磊　桂楠　王肖兵　乔榛　胡平智

2.的士飙花

英文片名：*Taxi*
原片分级：PG-13
电影类型：动作片，喜剧片，犯罪片
原片上映时间：2004 年
原片导演：Tim Story
主要编剧：Luc Besson，Robert Ben Garant
主演：Queen Latifah，Jimmy Fallon，Gisele Bündchen
原片出品国：美国/法国
译制片出品机构：上海电影译制厂有限公司
译制导演：王建新
剧本翻译：顾奇勇
部分配音演员：王建新　翟巍　丁建华　俞红　桂楠　程玉珠　黄莺　吴磊　王肖兵　詹佳　海帆　胡平智　叶露　余冠廷　贾志超　吴刚

3.翻译风波

英文片名：*The Interpreter*
原片分级：PG-13
电影类型：犯罪片，悬疑片，惊悚片
原片上映时间：2005 年
原片导演：Sydney Pollack
主要编剧：Martin Stellman，Brianward
主演：Nicole Kidman，Sean Penn，Catherine Keener
原片出品国：美国/英国/法国

译制片出品机构：上海电影译制厂有限公司

译制导演：丁建华

剧本翻译：顾奇勇

部分配音演员：丁建华　刘风　乔榛　王建新　翟巍　吴磊　程玉珠　王肖兵　张欣　桂楠　海帆　胡平智　曾丹　黄莺　俞红　贾志超　沈达威

译制片所获奖项：第 11 届华表奖优秀译制片奖

4.极限战士

英文片名：*XXX-State of the Union*

原片分级：PG-13

电影类型：喜剧片

原片上映时间：2005 年

原片导演：Lee Tamahori

主要编剧：Rich Wilkes，Simon Kinberg

主演：Erin Pallesen，Sam Locke，James Hauser

译制片出品机构：上海电影译制厂有限公司

译制导演：王建新

剧本翻译：顾奇勇

部分配音演员：程玉珠　王肖兵　刘风　翟巍　赵铭　胡平智　吴磊　黄莺　叶露　海帆　桂楠　沈达威　王建新

5.蝙蝠侠：侠影之谜

英文片名：*Batman Begins*

原片分级：PG-13

电影类型：动作片，冒险片

原片上映时间：2005 年

原片导演：Christopher Nolan

主要编剧：Bob Kane，David S.Goyer

主演：Christian Bale，Michael Caine，Ken Watanabe

译制片出品机构：上海电影译制厂有限公司

译制导演：胡平智

剧本翻译：顾奇勇

部分配音演员：翟魏　詹佳　刘风　乔榛　胡平智　王肖兵　海帆　吴磊　陈兆雄　桂楠　曾丹　黄莺　丁建华　余冠廷

6.史密斯行动

英文片名：*Mr.& Mrs.Smith*

原片分级：PG-13

电影类型：动作片，喜剧片，犯罪片

原片上映时间：2005年

原片导演：Doug Liman

主要编剧：Simon Kinberg

主演：Brad Pitt，Angelina Jolie，Adam Brody

译制片出品机构：上海电影译制厂有限公司

译制导演：丁建华

剧本翻译：顾奇勇

部分配音演员：海帆　黄莺　王肖兵　吴磊　曾丹　乔榛　桂楠　王建新　叶露　翟巍　贾志超　丁建华　胡平智

7.绝密飞行

英文片名：*Stealth*

原片分级：PG-13

电影类型：动作片，冒险片，科幻片

原片上映时间：2005年

原片导演：Rob Cohen

主要编剧：W.D.Richter

主演：Josh Lucas，Jessica Biel，Jamie Foxx

译制片出品机构：上海电影译制厂有限公司

译制导演：程玉珠
剧本翻译：顾奇勇
部分配音演员：刘风　丁建华　桂楠　王肖兵　翟巍　吴磊　胡平智

8.漫步月球

英文片名：*Magnificent Desolation：Walking on the Moon*
原片分级：无
电影类型：纪录片，动画片，短片
原片上映时间：2005 年
原片导演：Mark Cowen
主要编剧：Tom Hanks，Mark Cowen
主演：Tom Hanks，John Corbett，Andrew Husmann
译制片出品机构：上海电影译制厂有限公司
译制导演：程玉珠
剧本翻译：顾奇勇
部分配音演员：野芒　程玉珠　桂楠　翟巍　吴磊

9.星球大战前传 3：西斯的反击

英文片名：*Star Wars：Episode III-Revenge of the Sith*
原片分级：PG-13
电影类型：动作片，冒险片，奇幻片
原片上映时间：2005 年
原片导演：George Lucas
主要编剧：George Lucas
主演：Hayden Christensen，Natalie Portman，Ewan McGregor
译制片出品机构：北京电影制片厂
译制导演：廖菁　张伟
剧本翻译：顾铁军　马建丽
部分配音演员：金锋　李智伟　廖菁　周志强　盖文革　白涛　陆建艺　张伟　王凯　赵震　赵岭　程寅　韩童生　毛毛头　姚麟

10.世界之战

英文片名：*War of the Worlds*
原片分级：PG-13
电影类型：冒险片，科幻片，惊悚片
原片上映时间：2005年
原片导演：Steven Spielberg
主要编剧：Josh Friedman，David Koepp
主演：Tom Cruise，Dakota Fanning，Tim Robbins
译制片出品机构：北京电影制片厂
译制导演：张云明
剧本翻译：安韶峰
部分配音演员：陆揆　张云明　赵阳　褚珺　张磊　王凯　毛毛头　叶宝华　高增智　伍凤春　张云明　张磊　姚麟

11.超人总动员

英文片名：*The Incredibles*
原片分级：PG
电影类型：动画片，动作片，冒险片
原片上映时间：2004年
原片导演：Brad Bird
主要编剧：Brad Bird
主演：Craig T.Nelson，Samuel L.Jackson，Holly Hunter
原片所获奖项：第77届奥斯卡金像奖最佳动画长片、最佳音效剪辑
译制片出品机构：八一电影制片厂
译制导演：张云明
部分配音演员：姜文　徐帆　毛毛头　陈佩斯　王进喜　王凯　张云明　陆揆　田二喜

12.玩命手机

英文片名：*Cellular*

原片分级：PG-13

电影类型：动作片，犯罪片，惊悚片

原片上映时间：2004 年

原片导演：David R.Ellis

主要编剧：Larry Cohen，Chris Morgan

主演：Kim Basinger，Chris Evans，Jason Statham

原片出品国：美国/德国

译制片出品机构：北京电影制片厂

部分配音演员：陆揆　孙悦斌

13.美国空姐

英文片名：*View from the Top*

原片分级：PG-13

电影类型：喜剧片，爱情片

原片上映时间：2003 年

原片导演：Bruno Barreto

主要编剧：Eric Wald

主演：Gwyneth Paltrow，Christina Applegate，Kelly Preston

译制片出品机构：上海电影译制厂有限公司

译制导演：程玉珠

剧本翻译：赵国华

部分配音演员：叶露　王建新　狄菲菲　曾丹　胡平智　刘风　程玉珠　海帆　吴磊　桂楠　王肖兵　余冠廷

14.凤凰劫

英文片名：*Flight of the Phoenix*
原片分级：PG-13
电影类型：动作片，冒险片，剧情片
原片上映时间：2004年
原片导演：John Moore
主要编剧：Lukas Heller,Scott Frank
主演：Dennis Quaid,Miranda Otto,Giovanni Ribisi
译制片出品机构：长影集团译制片制作有限责任公司
译制导演：刘大航
剧本翻译：张勇
部分配音演员：刘大航　孟丽　王琛　孟令军

15.神奇四侠

英文片名：*Fantastic Four*
原片分级：PG-13
电影类型：动作片，冒险片，奇幻片
原片上映时间：2005年
原片导演：Tim Story
主要编剧：Mark Frost,Michael France
主演：Ioan Gruffudd,Michael Chiklis,Chris Evans
译制片出品机构：长影集团译制片制作有限责任公司
译制导演：刘大航
剧本翻译：付晶
部分配音演员：王利军　杨波　虞桐伟　牟珈论

16.马达加斯加

英文片名：*Madagascar*
原片分级：PG
电影类型：动画片，冒险片，喜剧片
原片上映时间：2005 年
原片导演：Tom McGrath，Eric Darnell
主要编剧：Mark Burton，Billy Frolick
主演：Chris Rock，Ben Stiller，David Schwimmer
译制片出品机构：长影集团译制片制作有限责任公司
译制导演：王晓巍
剧本翻译：李红
部分配音演员：林依伦　何炅　金海心　刘大航
译制片所获奖项：第 13 届华表奖优秀译制片奖

17.鲨鱼故事

英文片名：*Shark Tale*
原片分级：PG
电影类型：动画片，冒险片，喜剧片
原片上映时间：2004 年
原片导演：Rob Letterman，Bibo Bergeron，Vicky Jenson
主要编剧：Michael J.Wilson，Rob Letterman
主演：Will Smith，Robert De Niro，Renée Zellweger
译制片出品机构：长影集团译制片制作有限责任公司
译制导演：王晓巍
剧本翻译：付晶
部分配音演员：夏雨　李冰冰　张涵予　王利军

18.佐罗传奇

英文片名：*The Legend of Zorror*

原片分级：PG

电影类型：动作片，冒险片，爱情片

原片上映时间：2005 年

原片导演：Martin Campbell

主要编剧：Roberto Orci，Alex Kurtzman

主演：Antonio Banderas，Catherine Zeta-Jones，Rufus Sewell

译制片出品机构：八一电影制片厂

译制导演：张云明

部分配音演员：张云明　廖菁　李智伟　韩童生　李逸飞　贾晓军　张瑶函　王凯　叶保华　高增志　伍凤春　褚珺　成在群　姚麟

19.U-571

英文片名：*U*-571

原片分级：PG-13

电影类型：动作片，战争片

原片上映时间：2000 年

原片导演：Jonathan Mostow

主要编剧：Jonathan Mostow

主演：Matthew McConaughey，Bill Paxton，Harvey Keitel

原片出品国：法国/美国

译制片出品机构：八一电影制片厂

译制导演：彭河

剧本翻译：刘大勇

部分配音演员：陆揆　程寅　赵晓明　金永刚　谷峰　白玉林　张涵予　田波　徐光宇　张伟

译制片所获奖项：第 7 届华表奖优秀译制片奖

◈ 2006

1.南极大冒险

英文片名：*Eight Below*
原片分级：PG
电影类型：冒险片，剧情片，家庭片
原片上映时间：2006 年
原片导演：Frank Marshall
主要编剧：David DiGilio，Toshirô Ishidô
主演：Paul Walker，Jason Biggs，Bruce Greenwood
译制片出品机构：上海电影译制厂有限公司
译制导演：王建新
剧本翻译：顾奇勇
部分配音演员：翟巍　刘风　吴磊　黄莺　程玉珠　曾丹　王肖兵　戴学庐　严崇德　桂楠　胡平智　詹佳　王建新

2.达·芬奇密码

英文片名：*The Da Vinci Code*
原片分级：PG-13
电影类型：悬疑片，惊悚片
原片上映时间：2006 年
原片导演：Ron Howard
主要编剧：Dan Brown（著），Akiva Goldsman
主演：Tom Hanks，Audrey Tautou，Jean Reno
译制片出品机构：上海电影译制厂有限公司
译制导演：胡平智
剧本翻译：顾奇勇
部分配音演员：赵屹鸥　狄菲菲　王肖兵　胡平智　童自荣　狄菲菲

翟巍　刘风　桂楠　程玉珠　戴学庐　王建新　赵慎之　吴文伦　陈兆雄　刘钦　曾丹　吴磊　詹佳

3.冰川时代2:融冰之灾

英文片名: *Ice Age: The Meltdown*

原片分级: PG

电影类型: 动画片,冒险片,喜剧片

原片上映时间: 2006年

原片导演: Carlos Saldanha

主要编剧: Peter Gaulke, Gerry Swallow

主演: Ray Romano, John Leguizamo, Denis Leary

译制片出品机构: 上海电影译制厂有限公司

译制导演: 程玉珠

剧本翻译: 顾奇勇

部分配音演员: 翟巍　刘风　狄菲菲　程玉珠　吴磊　刘钦　王肖兵　詹佳　胡平智　任伟　叶露　曾丹　黄莺

4.碟中谍3

英文片名: *Mission: Impossible III*

原片分级: PG-13

电影类型: 动作片,冒险片,惊悚片

原片上映时间: 2006年

原片导演: J.J.Abrams

主要编剧: Alex Kurtzman, Roberto Orci

主演: Tom Cruise, Michelle Monaghan, Ving Rhames

原片出品国: 美国/德国

译制片出品机构: 上海电影译制厂有限公司

译制导演: 程玉珠

剧本翻译: 顾奇勇

部分配音演员：任伟　刘风　刘彬　翟巍　曾丹　曾丹　吴磊　狄菲菲　王静文　刘钦　海帆　程玉珠　吴文伦　桂楠　胡平智　王肖兵

5.X 战警 3：背水一战

英文片名：*X-Men：The Last Stand*
原片分级：PG-13
电影类型：动作片，科幻片
原片上映时间：2006 年
原片导演：Brett Ratner
主要编剧：Simon Kinberg，Zak Penn
主演：Patrick Stewart，Hugh Jackman，Halle Berry
原片出品国：美国/加拿大/英国
译制片出品机构：上海电影译制厂有限公司
译制导演：程玉珠
剧本翻译：顾奇勇
部分配音演员：刘风　范蕾颖　王肖兵　狄菲菲　黄莺　胡平智　任伟　曾丹　吴磊　翟巍　桂楠　程玉珠　戴学庐　吴文伦　刘钦　詹佳　叶露　严丽祯

6.迈阿密风云

英文片名：*Miami Vice*
原片分级：13
电影类型：动作片，犯罪片，惊悚片
原片上映时间：2006 年
原片导演：Michael Mann
主要编剧：Michael Mann，Anthony Yerkovich
主演：Colin Farrell，Jamie Foxx，Li Gong
原片出品国：美国/德国
译制片出品机构：上海电影译制厂有限公司

译制导演：程玉珠

剧本翻译：顾奇勇

部分配音演员：张欣　桂楠　巩俐　范楚绒　王肖兵　狄菲菲　吴磊　程玉珠　王玮　黄莺　胡平智　刘钦　夏磊　翟巍　叶露　叶柳

7.世贸中心

英文片名：*World Trade Center*

原片分级：PG-13

电影类型：剧情片，历史片，惊悚片

原片上映时间：2006 年

原片导演：Oliver Stone

主要编剧：Andrea Berloff，John McLoughlin

主演：Nicolas Cage，Michael Peña，Maria Bello

译制片出品机构：上海电影译制厂有限公司

译制导演：狄菲菲

剧本翻译：许思悦

部分配音演员：刘风　翟巍　狄菲菲　黄莺　施融　程玉珠　吴磊　程玉珠　符冲　刘钦　桂楠　郭易峰　王肖兵　谢添天　冯骏骅　李正祥　詹佳　张欣　魏思芸　戴学庐　张惠　范楚绒　胡平智　夏磊叶　柳黄雷

8.加勒比海盗 2：亡灵宝藏

英文片名：*Pirates of the Caribbean 2：Dead Man's Chest*

原片分级：PG-13

电影类型：动作片，冒险片，奇幻片

原片上映时间：2006 年

原片导演：Gore Verbinski

主要编剧：Ted Elliott，Terry Rossio

主演：Johnny Depp，Orlando Bloom，Keira Knightley

译制片出品机构：：八一电影制片厂

译制导演：张云明

剧本翻译：李瑞海

部分配音演员：陆揆　廖菁　王磊　陆建艺　程寅　张云明　李智伟　任亚明　贾小军　光头王凯　高增志　叶保华　伍凤春　成在群

9.纳尼亚传奇：狮子、女巫和魔衣柜

英文片名：*The Chronicles of Narnia：The Lion，the Witch and the Wardrobe*

原片分级：PG

电影类型：冒险片，家庭片，奇幻片

原片上映时间：2005 年

原片导演：Andrew Adamson

主要编剧：Ann Peacock，Andrew Adamson

主演：Tilda Swinton，Georgie Henley，William Moseley

原片出品国：美国/英国

原片所获奖项：第 78 届奥斯卡金像奖最佳化妆

译制片出品机构：八一电影制片厂

译制导演：张云明

剧本翻译：刘晶影　张浩月

部分配音演员：森明佳　李安捷　边江　毛毛头　杨晨　王凯　茅菁　廖菁　常进　张美娟　叶宝华　赵晓明　高增志　张云明　成再群

10.金刚

英文片名：*King Kong*

原片分级：PG-13

电影类型：动作片，冒险片，剧情片

原片上映时间：2005 年

原片导演：Peter Jackson

主要编剧：Fran Walsh，Philippa Boyens

主演：Naomi Watts，Jack Black，Adrien Brody

原片出品国：新西兰/美国/德国(作为美国影片在中国公映)

译制片出品机构：中国电影集团公司译制中心

译制导演：廖菁　张伟

剧本翻译：安韶峰

部分配音演员：王儷桦　白涛　赵岭　李智伟　王凯　张遥函　韩童生　陈浩　姜广涛　赵晓明　芒莱　齐杰　张伟　冯宪珍　廖菁　姚麟

11.战鸽总动员

英文片名：*Viliant*

原片分级：G

电影类型：动画片，冒险片，喜剧片

原片上映时间：2005 年

原片导演 Gary Chapman

主要编剧：George Webster，Jordan Katz

主演：Ewan McGregor，Ricky Gervais，Tim Curry

译制片出品机构：华夏电影发行有限责任公司

译制导演：张云明

剧本翻译：李瑞海

部分配音演员：孙楠　白羽　徐涛　陆揆　李立宏　汪锋　王恩琦　陆建艺　李世荣　张云命　张遥函　韩童生　王凯　徐燕

12.玩命快递 2

英文片名：*The Transporter II*

原片分级：PG-13

电影类型：动作片，惊悚片

原片上映时间：2005 年

原片导演：Louis Leterrier

主要编剧：Luc Besson，Robert Mark Kamen

主演：Jason Statham，Amber Valletta，Kate Nauta

原片出品国：法国/美国(作为法美合拍影片在中国公映)

译制片出品机构：长影集团译制片制作有限责任公司

译制导演：孟丽

剧本翻译：杜桂敏

部分配音演员：王利军　刘大航　郭今非　王晓巍　牟珈论　纪艳芳　胡连华　杨波　崔晓东　虞彤伟　孟令军　王琛

13.一级戒备

英文片名：*The Sentinel*

原片分级：PG-13

电影类型：动作片,犯罪片,惊悚片

原片上映时间：2006 年

原片导演：Clark Johnson

主要编剧：Gerald Petievich(著),George Nolfi

主演：Michael Douglas,Kiefer Sutherland,Kim Basinger

译制片出品机构：北京电影制片厂

译制导演：张云明

剧本翻译：马建丽

部分配音演员：徐涛　李智伟　杨晨　王凯　廖菁　赵晓明　邱秋　成在群　张云明　伍凤春　叶保华　高增志　任亚明　姚麟

14.海神号

英文片名：*Poseidon*

原片分级：PG-13

电影类型：动作片,冒险片,剧情片

原片上映时间：2006 年

原片导演：Wolfgang Petersen

主要编剧：Paul Gallico(著),Mark Protosevich

主演：Richard Dreyfuss,Kurt Russell,Emmy Rossum

译制片出品机构：北京电影制片厂

译制导演：张云明

剧本翻译：刘大勇

部分配音演员：陆揆　徐涛　任亚明　纪元　廖菁　金勇刚　杨晨　叶保华　姚麟　李逸飞　王凯　伍凤春　张云明

15.撒哈拉奇兵

英文片名：*Sahara*

原片分级：PG-13

电影类型：动作片，冒险片，喜剧片

原片上映时间：2005 年

原片导演：Breck Eisner

主要编剧：Clive Cussler（著），Thomas Dean Donnelly

主演：Matthew McConaughey，Penélope Cruz，Steve Zahn

译制片出品机构：北京电影制片厂

译制导演：吴红绢

剧本翻译：吴红娟

部分配音演员：孙悦斌　陈浩　杨晨　李易

16.超人归来

英文片名：*Superman Returns*

原片分级：PG-13

电影类型：动作片，科幻片

原片上映时间：2006 年

原片导演：Bryan Singer

主要编剧：Michael Dougherty，Dan Harris

主演：Brandon Routh，Kevin Spacey，Kate Bosworth

译制片出品机构：北京电影制片厂

译制导演：廖菁　张伟

剧本翻译：刘大勇

部分配音演员：赵岭　杨晨　王凯　韩童生　徐燕　廖菁　姜广涛　陆揆　周志强　张凯　毛毛头　张伟　龙滨

17.赛车总动员

英文片名：*Cars*

原片分级：G

电影类型：动画片，喜剧片，家庭片

原片上映时间：2006 年

原片导演：John Lasseter，Brian Fee，Joe Ranft

主要编剧：John Lasseter，Joe Ranft

主演：Owen Wilson，Bonnie Hunt，Paul Newman

译制片出品机构：中国电影集团公司译制中心

译制导演：张云明

剧本翻译：刘大勇

部分配音演员：徐静蕾　黄磊　范伟　周志强　芒莱　陆建艺　王涛　田波　盖文革

18.丛林大反攻

英文片名：*Open Season*

原片分级：PG

电影类型：动画片，冒险片，喜剧片

原片上映时间：2006 年

原片导演：Roger Allers

主要编剧：Steve Bencich，Ron J.Friedman

主演：Ashton Kutcher，Martin Lawrence，Debra Messing

译制片出品机构：北京电影制片厂

译制导演：吴红娟

部分配音演员：葛优　冯小刚　张涵予　罗海琼　邓超

19.防火墙

英文片名：*Firewall*
原片分级：PG-13
电影类型：动作片，犯罪片，惊悚片
原片上映时间：2006 年
原片导演：Richard Loncraine
主要编剧：Joe Forte
主演：Harrison Ford，Virginia Madsen，Paul Bettany
译制片出品机构：长影集团译制片制作有限责任公司
译制导演：王晓巍
剧本翻译：李红　姚久辉
部分配音演员：刘大航　王利军　孟丽　郭今非　杨波　牟珈论　虞彤伟

20.赛场大反攻

英文片名：*Racing Stripes*
原片分级：PG
电影类型：冒险片，喜剧片，剧情片
原片上映时间：2005 年
原片导演：Frederik Du Chau
主要编剧：David Schmidt，Steven P.Wegner
主演：Frankie Muniz，David Spade，Snoop Dogg
译制片出品机构：长影集团译制片制作有限责任公司
译制导演：刘大航
剧本翻译：张勇
部分配音演员：谢娜　孟令军　羽泉　王利军　杨鸣　莫松刚　何中石　牟珈论　齐连春　虞彤伟　刘大航　杨波　胡连华

21.魔比斯环

英文片名：*Thru the Moebius Strip*
原片分级：无
电影类型：动画片，冒险片，科幻片
原片上映时间：2005 年
原片导演：Glenn Chaika
主要编剧：Jim Cox，Paul Gertz
主演：Jonathan Taylor Thomas，Chris Marquette，Mark Hamill
原片出品国：中国/美国（作为中国影片在中国公映）
译制片出品机构：上海电影译制厂有限公司
译制导演：狄菲菲
剧本翻译：许思悦
部分配音演员：童自荣　曹雷　吴磊　任伟　曾丹　刘风　程玉珠　王建新　王肖兵　桂楠　翟巍　狄菲菲　胡平智

22.来电惊魂

英文片名：*When a Stranger Calls*
原片分级：PG-13
电影类型：恐怖片，惊悚片
原片上映时间：2006 年
原片导演：Simon West
主要编剧：Jake Wade Wall，Steve Feke
主演：Camilla Belle，Tommy Flanagan，Katie Cassidy
译制片出品机构：长影集团译制片制作有限责任公司
译制导演：丁建华
剧本翻译：原奇勇
部分配音演员：杨鸣　丁建华　郭金非　杨波　郭今非　孟丽　牟珈论　王利军　虞彤伟　纪艳芳　胡连华　王琛　孟令军

23.终结游戏

英文片名：*End Game*

原片分级：R

电影类型：动作片，犯罪片，剧情片

原片上映时间：2006 年

原片导演：Andy Cheng(郑继宗)

主要编剧：J.C.Pollock

主演：Cuba Gooding Jr.，Angie Harmon，James Woods

原片出品国：德国/美国/加拿大(作为美国影片在中国公映)

译制片出品机构：八一电影制片厂

译制导演：徐涛

剧本翻译：安绍峰

部分配音演员：陆揆　李世荣　程寅

24.误入歧途

英文片名：*Final Contract：Death on Delivery*

原片分级：R

电影类型：动作片

原片上映时间：2006 年

原片导演：Axel Sand

主要编剧：Andreas Brune，Sven Frauenhoff

主演：Drew Fuller，Alison King，Ken Bones

原片出品国：德国(作为德国、美国合拍影片在中国公映)

译制片出品机构：八一电影制片厂

译制导演：张伟　廖青

剧本翻译：翰文

部分配音演员：姜广涛　宴积瑄　李立宏

◈ 2007

1.惊涛大冒险

英文片名：*The Guardian*
原片分级：PG-13
电影类型：动作片，冒险片，剧情片
原片上映时间：2006 年
原片导演：Andrew Davis
主要编剧：Ron L.Brinkerhoff
主演：Kevin Costner，Ashton Kutcher，Sela ward
译制片出品机构：上海电影译制厂有限公司
译制导演：胡平智　曾丹
剧本翻译：顾奇勇
部分配音演员：宋怀强　翟巍　郭易峰　曾丹　李振翔　程玉珠　王肖兵
译制片所获奖项：第 12 届华表奖优秀译制片奖

2.勇闯十六街区

英文片名：16 *Blocks*
原片分级：PG-13
电影类型：动作片，犯罪片，剧情片
原片上映时间：2006 年
原片导演：Richard Donner
主要编剧：Richard Wenk
主演：Bruce Willis，Yasiin Bey，David Morse
原片出品国：美国/德国
译制片出品机构：上海电影译制厂有限公司
译制导演：胡平智

剧本翻译：蒋蔚

部分配音演员：程玉珠　吴磊　刘钦　狄菲菲　桂楠　李丹青　魏思芸

3.穿普拉达的女王

英文片名：*The Devil Wears Prada*

原片分级：PG-13

电影类型：喜剧片，剧情片

原片上映时间：2006 年

原片导演：David Frankel

主要编剧：Lauren Weisberger（著），Aline Brosh McKenna

主演：Anne Hathaway，Meryl Streep，Adrian Grenier

译制片出品机构：上海电影译制厂有限公司

译制导演：程玉珠

剧本翻译：李晓军

部分配音演员：曹雷　詹佳　黄莺　刘钦　吴磊　任伟

4.博物馆奇妙夜

英文片名：*Night at the Museum*

原片分级：PG

电影类型：冒险片，喜剧片，家庭片

原片上映时间：2006 年

原片导演：Shawn Levy

主要编剧：Robert Ben Garant，Thomas Lennon

主演：Ben Stiller，Carla Gugino，Ricky Gervais

译制片出品机构：上海电影译制厂有限公司

译制导演：曾丹

剧本翻译：顾奇勇

部分配音演员：吴磊　詹佳　程玉珠　王肖兵　陈兆雄　袁国庆　胡平智　翟巍　杨梦露　符冲　王衡　曾丹　黄莺　桂楠　魏思芸

5.龙骑士

英文片名：*Eragon*

原片分级：PG

电影类型：动作片，冒险片，家庭片

原片上映时间：2006 年

原片导演：Stefen Fangmeier

主要编剧：Christopher Paolini（著），Peter Buchman

主演：Ed Speleers，Sienna Guillory，Jeremy Irons

原片出品国：美国/英国/匈牙利

译制片出品机构：上海电影译制厂有限公司

译制导演：曾丹

剧本翻译：顾奇勇

部分配音演员：吴磊　符冲　刘钦　狄菲菲　黄莺　胡平智　程玉珠　翟巍　桂楠　陈兆雄　詹佳　郭易峰　袁国庆　曾丹

6.蜘蛛侠 III

英文片名：*Spider-Man 3*

原片分级：PG-13

电影类型：动作片，科幻片

原片上映时间：2007 年

原片导演：Sam Raimi

主要编剧：Sam Raimi，Ivan Raimi

主演：Tobey Maguire，Kirsten Dunst，Topher Grace

译制片出品机构：上海电影译制厂有限公司

译制导演：狄菲菲

剧本翻译：顾奇勇

部分配音演员：金锋　吴磊　刘风　翟巍　詹佳　王建新　王肖兵　程玉珠　胡平智　海帆　吴文伦　桂楠　黄莺　叶露　严丽祯

7.灵魂战车

英文片名：*Ghost Rider*
原片分级：PG-13
电影类型：动作片，奇幻片，惊悚片
原片上映时间：2007年
原片导演：Mark Steven Johnson
主要编剧：Mark Steven Johnson
主演：Nicolas Cage，Eva Mendes，Sam Elliott
原片出品国：美国/澳大利亚
译制片出品机构：上海电影译制厂有限公司
译制导演：胡平智
剧本翻译：计滨
部分配音演员：刘风　狄菲菲　翟巍　王肖兵　胡平智　吴磊　戴学庐　刘钦　詹佳　海帆　程玉珠　袁国庆　桂楠　黄莺　贾志超　樊俊航　杜晓书

8.美味情缘

英文片名：*No Reservations*
原片分级：PG
电影类型：喜剧片，剧情片，爱情片
原片上映时间：2007年
原片导演：Scott Hicks
主要编剧：Carol Fuchs，Sandra Nettelbeck
主演：Catherine Zeta-Jones，Aaron Eckhart，Abigail Breslin
原片出品国：美国/澳大利亚
译制片出品机构：上海电影译制厂有限公司
译制导演：程玉珠
剧本翻译：顾奇勇

部分配音演员：狄菲菲　任伟　詹佳　魏思芸　刘钦　曾丹　桂楠　翟巍　胡平智　吴磊　黄莺　叶露　严丽祯

9.虎胆龙威 IV

英文片名：*Live Free or Die Hard*
原片分级：PG-13
电影类型：动作片，惊悚片
原片上映时间：2007 年
原片导演：Len Wiseman
主要编剧：Mark Bomback，Mark Bomback
主演：Bruce Willis，Justin Long，Timothy Olyphant
译制片出品机构：上海电影译制厂有限公司
译制导演：胡平智　刘风
剧本翻译：顾奇勇
部分配音演员：程玉珠　翟巍　任伟　刘风　黄莺　詹佳　桂楠　狄菲菲　王肖兵　吴磊

10.人生遥控器

英文片名：*Click*
原片分级：PG-13
电影类型：喜剧片，剧情片，奇幻片
原片上映时间：2006 年
原片导演：Frank Coraci
主要编剧：Steve Koren，Mark O'Keefe
主演：Adam Sandler，Kate Beckinsale，Christopher Walken
译制片出品机构：长影集团译制片制作有限责任公司
译制导演：刘大航
剧本翻译：李红
部分配音演员：孟令军　牟珈论　王利军　刘大航

11.谍影重重 III

英文片名：*The Bourne Ultimatum*
原片分级：PG-13
电影类型：动作片，悬疑片，惊悚片
原片上映时间：2007 年
原片导演：Paul Greengrass
主要编剧：Tony Gilroy，Scott Z.Burns
主演：Matt Damon，Edgar Ramírez，Joan Allen
译制片出品机构：长影集团译制片制作有限责任公司
译制导演：刘大航
剧本翻译：崔晓东　李红
部分配音演员：郭金非　孟丽　杨波　胡连华

12.舞出我人生

英文片名：*Step Up*
原片分级：PG-13
电影类型：犯罪片，剧情片，音乐片
原片上映时间：2006 年
原片导演：Anne Fletcher
主要编剧：Duane Adler，Melissa Rosenberg
主演：Channing Tatum，Jenna Dewan，Damaine Radcliff
译制片出品机构：长影集团译制片制作有限责任公司
译制导演：王晓巍
剧本翻译：崔晓东
部分配者演员：孟令军　杨鸣　纪艳芳　牟珈论　王琛　杨波

13.加勒比海盗 III：世界的尽头

英文片名：*Pirates of the Caribbean：At World's End*

原片分级：PG-13

电影类型：动作片，冒险片，奇幻片

原片上映时间：2007 年

原片导演：Gore Verbinski

主要编剧：Ted Elliott，Terry Rossio

主演：Johnny Depp，Orlando Bloom，Keira Knightley

译制片出品机构：八一电影制片厂

译制导演：张云明

剧本翻译：刘大勇

部分配音演员：陆揆　廖菁　王磊　陆建艺　宣晓明　程寅　金永刚　李智伟　高增志　叶保华　林兰　白马　赵晓明　张遥函　贾晓军　王凯　张伟　伍凤春　张云明　成在群

14.007 大战皇家赌场

英文片名：*Casino Royale*

原片分级：PG-13

电影类型：动作片，冒险片，惊悚片

原片上映时间：2006 年

原片导演：Martin Campbell

主要编剧：Neal Purvis，Robert Wade

主演：Daniel Craig，Eva Green，Judi Dench

译制片出品机构：北京电影制片厂

译制导演：廖菁　张伟

剧本翻译：安韶峰

部分配音演员：野芒　廖菁　张涵予　冯宪珍　徐涛　杨晨　张遥函　李智伟　韩童生　王凯　王明军　陆揆　王磊　张伟　赵晓明　张艾　李云鹏　姚麟　燕京

15.忍者神龟

英文片名：*TMNT*

原片分级：PG

电影类型：剧情片

原片上映时间：2007 年

原片导演：Kevin Munroe

主要编剧：Kevin Munroe，Peter Laird

主演：Patrick Stewart，Mako，Chris Evans

原片出品国：中国香港/美国（作为美国影片在中国公映）

译制片出品机构：上海电影译制厂有限公司

译制导演：曾丹

剧本翻译：蒋蔚

部分配音演员：曾丹　金锋　翟巍　吴磊　李正翔　王肖兵　王静文　程玉珠　海帆　曾丹　胡平智　桂楠　詹佳　杜晓书　杨海音　樊俊航

16.误入歧途

英文片名：*Final Contact：Death on Delivery*

原片分级：R

电影类型：动作片

原片上映时间：2006 年

原片导演：Axel Sand

主要编剧：Andreas Brune，Sven Frauenhoff

主演：Drew Fuller，Alison King，Ken Bones

原片出品国：德国（作为德国、美国合拍片在中国公映）

译制片出品机构：华夏电影发行有限责任公司　八一电影制片厂

译制导演：廖菁　张伟

剧本翻译：翰文

部分配音演员：姜广涛　晏积瑄 李立宏　季冠琳　王磊　盖文革　陆揆　张遥函　张伟　李智伟　廖菁　任亚明　查谦　姚麟

17.变形金刚

英文片名：*Transformers*
原片分级：PG-13
电影类型：动作片，冒险片，科幻片
原片上映时间：2007 年
原片导演：Michael Bay
主要编剧：Roberto Orci，Alex Kurtzman
主演：Shia LaBeouf，Megan Fox，Josh Duhamel
译制片出品机构：中国电影集团公司译制中心
译制导演：廖菁　张伟
剧本翻译：刘大勇
部分配音演员：姜广涛　李智伟　王明军　田波　季冠琳　廖菁　徐涛　陆揆　王凯　陆建艺　赵晓明　任亚明　盖文革　韩童生　冯宪珍　张伟　张瑶函　陈浩　毛毛头

2008

1.黄金罗盘

英文片名：*The Golden Compass*
原片分级：PG-13
电影类型：冒险片，家庭片，奇幻片
原片上映时间：2007 年
原片导演：Chris Weitz
主要编剧：Philip Pullman（著），Chris Weitz
主演：Nicole Kidman，Daniel Craig，Dakota Blue Richards
原片出品国：美国/英国
译制片出品机构：上海电影译制厂有限公司
译制导演：曾丹

剧本翻译：顾奇勇

部分配音演员：姜玉玲　詹佳　王肖兵　曹雷　任伟　翟巍　余吴斌　刘风　程玉珠　吴文伦　胡平智　刘钦　倪康　洪海天　王建新　桂楠　吴磊　冯骏骅

2.史前一万年

英文片名：10,000*BC*

原片分级：PG-13

电影类型：动作片，冒险片，剧情片

原片上映时间：2008 年

原片导演：Roland Emmerich

主要编剧：Roland Emmerich，Harald Kloser

主演：Camilla Belle，Steven Strait，Marco Khan

译制片出品机构：上海电影译制厂有限公司

译制导演：程玉珠

剧本翻译：计滨

部分配音演员：吴磊　詹佳　桂楠　程玉珠　海帆　翟巍　李正翔　王建新　徐刚　严丽祯

3.淘金俏冤家

英文片名：*Fool's Gold*

原片分级：PG-13

电影类型：动作片，冒险片，喜剧片

原片上映时间：2008 年

原片导演：Andy Tennant

主要编剧：John Claflin，Daniel Zelman

主演：Matthew McConaughey，Kate Hudson，Donald Sutherland

原片出品国：英国/澳大利亚

译制片出品机构：上海电影译制厂有限公司

译制导演：狄菲菲

剧本翻译：顾奇勇

部分配音演员：任伟　黄莺　程玉珠　刘钦　黄笑姚　翟巍　刘风　吴磊　桂楠　王肖兵　胡平智　郭易峰

4.功夫熊猫

英文片名：*Kung Fu Panda*

原片分级：PG

电影类型：动画片，动作片，冒险片

原片上映时间：2008 年

原片导演：Mark Osborne，John Stevenson

主要编剧：Jonathan Aibel，Glenn Berger

主演：Jack Black，Ian McShane，Angelina Jolie

译制片出品机构：上海电影译制厂有限公司

译制导演：程玉珠

剧本翻译：顾奇勇

部分配音演员：刘风　王肖兵　狄菲菲　程玉珠　吴磊　詹佳　海帆　吴文伦　刘钦　翟巍　殷雷　王东

译制片所获奖项：第 13 届华表奖优秀译制片奖

5.危情 24 小时

英文片名：*Butterfly on a Wheel*

原片分级：R

电影类型：犯罪片，剧情片，悬疑片

原片上映时间：2007 年

原片导演：Mike Barker

主要编剧：William Morrissey

主演：Pierce Brosnan，Maria Bello，Gerard Butler

原片出品国：加拿大/英国(作为美国影片在中国公映)

译制片出品机构：上海电影译制厂有限公司

译制导演：狄菲菲、胡平智

剧本翻译：顾奇勇

部分配音演员：刘风　金锋　范楚绒　曾丹　詹佳　翟巍　吴磊　桂楠　张惠　章海红

6.全民超人汉考克

英文片名：*Hancock*

原片分级：PG-13

电影类型：动作片，奇幻片

原片上映时间：2008 年

原片导演：Peter Berg

主要编剧：Vincent Ngo，Vince Gilligan

主演：Will Smith，Charlize Theron，Jason Bateman

译制片出品机构：上海电影译制厂有限公司

译制导演：王建新

剧本翻译：顾奇勇

部分配音演员：吴磊　黄莺　翟巍　詹佳　胡平智　桂楠　程玉珠　王肖兵　狄菲菲　叶露　王建新　海帆

7.极速赛车手

英文片名：*Speed Racer*

原片分级：PG

电影类型：动作片，冒险片，喜剧片

原片上映时间：2008 年

原片导演：Lana Wachowski，Lilly Wachowski

主要编剧：Lilly Wachowski，Lana Wachowski

主演：Emile Hirsch，Matthew Fox，Christina Ricci

译制片出品机构：上海电影译制厂有限公司

译制导演：翟巍　胡平智

剧本翻译：顾奇勇

部分配音演员：吴磊　詹佳　程玉珠　王建新　赵铭　刘风　余吴斌　张欣　桂楠　翟巍　胡平智　谢添天　海帆　王肖兵　倪康　黄莺　罗玉婷　严丽祯　曾丹

8.地心历险记

英文片名：*Journey to the Center of the Earth*

原片分级：PG

电影类型：动作片，冒险片，家庭片

原片上映时间：2008 年

原片导演：Eric Brevig

主要编剧：Michael D.Weiss，Jennifer Flackett

主演：Brendan Fraser，Josh Hutcherson，Anita Briem

译制片出品机构：上海电影译制厂有限公司

译制导演：狄菲菲

剧本翻译：叶人杰

部分配音演员：桂楠　邬洛奇　詹佳

9.预见未来

英文片名：*Next*

原片分级：PG-13

电影类型：动作片，科幻片，惊悚片

原片上映时间：2007 年

原片导演：Lee Tamahori

主要编剧：Gary Goldman，Jonathan Hensleigh

主演：Nicolas Cage，Julianne Moore，Jessica Biel

译制片出品机构：上海电影译制厂有限公司

译制导演：程玉珠

剧本翻译：李林珊

部分配音演员：刘风　狄菲菲　黄莺　桂楠　曾丹　海帆　翟巍　吴磊　胡平智　王肖兵　詹佳　程玉珠　杨海音　张妲

10.生死新纪元

英文片名：*Babylon A.D.*

原片分级：PG-13

电影类型：动作片，冒险片，科幻片

原片上映时间：2008 年

原片导演：Mathieu Kassovitz

主要编剧：Maurice G.Dantec（著），Mathieu Kassovitz

主演：Vin Diesel，Michelle Yeoh，Mélanie Thierry

原片出品国：美国/法国/英国

译制片出品机构：上海电影译制厂有限公司

译制导演：狄菲菲　翟巍

剧本翻译：顾奇勇

部分配音演员：刘风　曾丹　詹佳　王建新　刘钦　程玉珠　翟巍　桂楠　吴磊　黄莺　严丽祯　杨海音

11.声梦奇缘

英文片名：*August Rush*

原片分级：PG

电影类型：剧情片，音乐片

原片上映时间：2007 年

原片导演：Kirsten Sheridan

主要编剧：Nick Castle，James V.Hart

主演：Freddie Highmore，Keri Russell，Jonathan Rhys Meyers

译制片出品机构：上海电影译制厂有限公司

译制导演：胡平智

剧本翻译：顾奇勇

部分配音演员：狄菲菲　冯骏骅　吴磊　翟巍　程玉珠　王肖兵　曾丹　海帆　桂楠　詹佳　黄笑嫣　胡平智　严丽祯　张妲

12.27 套礼服

英文片名：27 *Dresses*

原片分级：PG-13

电影类型：喜剧片，爱情片

原片上映时间：2008 年

原片导演：Anne Fletcher

主要编剧：Aline Brosh McKenna

主演：Katherine Heigl，James Marsden，Malin Akerman

译制片出品机构：长影集团译制片制作有限责任公司

译制导演：丁建华　孟丽

剧本翻译：顾奇勇

部分配音演员：孟令军　王晓岚　郭金非　杨鸣　牟珈论　杨波　纪艳芳

13.仙境之桥

英文片名：*Bridge to Terabithia*

原片分级：PG

电影类型：剧情片，家庭片，奇幻片

原片上映时间：2006 年

原片导演：Gábor Csupó

主要编剧：Jeff Stockwell，David Paterson

主演：Josh Hutcherson，Anna Sophia Robb，Zooey Deschanel

译制片出品机构：长影集团译制片制作有限责任公司

译制导演：王晓巍

剧本翻译：李红

部分配音演员：王琛　牟珈论　王利军

14.国家宝藏:夺宝秘笈

英文片名: *National Treasure 2*

原片分级: PG

电影类型: 动作片,冒险片,悬疑片

原片上映时间: 2008 年

原片导演: Jon Turteltaub

主要编剧: Marianne Wibberley,Cormac Wibberley

主演: Nicolas Cage,Diane Kruger,Justin Bartha

译制片出品机构: 八一电影制片厂

译制导演: 张云明

剧本翻译: 刘大勇　安韶峰

部分配音演员: 陆揆　张美娟　贾晓军　茅菁　晏积暄　高增志　李立宏　张遥函　伍凤春　张云明　成在群　赵洋　李逸飞

15.纳尼亚传奇 2: 凯斯宾王子

英文片名: *The Chronicles of Narnia*: *Prince Caspian*

原片分级: PG

电影类型: 动作片,冒险片,家庭片

原片上映时间: 2008 年

原片导演: Andrew Adamson

主要编剧: Andrew Adamson,Christopher Markus

主演: Ben Barnes,Skandar Keynes,Georgie Henley

原片出品国: 美国/波兰/斯洛文尼亚/捷克/英国

译制片出品机构: 八一电影制片厂

译制导演: 张云明

剧本翻译: 刘大勇

部分配音演员: 姜广涛　毛毛头　森明佳　边江　杨子路　李立宏　张遥函　任亚明　叶宝华　高增志　郭政建　陆建艺　成在群　王凯　杨晨　凌云　张杰

16.无敌浩克

英文片名：*The Incredible Hulk*
原片分级：PG-13
电影类型：动作片，冒险片，科幻片
原片上映时间：2008 年
原片导演：Louis Leterrier
主要编剧：Zak Penn，Zak Penn
主演：Edward Norton，Liv Tyler，Tim Roth
译制片出品机构：北京电影制片厂
译制导演：张云明
剧本翻译：刘大勇
部分配音演员：姜广涛　赵晓明　薛白　叶宝华　张遥函　任亚明　成在群　林兰　张云明　陆揆

◈ 2009

1.大战外星人

英文片名：*Monsters vs. Aliens*
原片分级：PG
电影类型：动画片，动作片，喜剧片
原片上映时间：2009 年
原片导演：Rob Letterman，Conrad Vernon
主要编剧：Maya Forbes，Wallace Wolodarsky
主演：Reese Witherspoon，Rainn Wilson，Stephen Colbert
译制片出品机构：上海电影译制厂有限公司
译制导演：翟巍　程玉珠
剧本翻译：顾奇勇
部分配音演员：李晔　王衡　桂楠　倪康　程玉珠　翟巍　符冲

王肖兵　狄菲菲　胡平智　郭易峰　吴文伦　刘钦　张拯　曾丹　吴磊　严丽祯　陈兆雄　海帆

2.金刚狼

英文片名：*X-Men Origins：Wolverine*

原片分级：PG-13

电影类型：动作片，冒险片，科幻片

原片上映时间：2009 年

原片导演：Gavin Hood

主要编剧：David Benioff，Skip Woods

主演：Hugh Jackman，Liev Schreiber，Ryan Reynolds

译制片出品机构：上海电影译制厂有限公司

译制导演：程玉珠

剧本翻译：陆瑶蓉

部分配音演员：刘风　桂楠　张琦　詹佳　狄菲菲　吴磊　黄莺　王肖兵　张欣　程玉珠　赵乾景　周帅　鲁源

3.博物馆奇妙夜 2

英文片名：*Night at the Museum：Battle of the Smithsonian*

原片分级：PG

电影类型：冒险片，喜剧片，家庭片

原片上映时间：2009 年

原片导演：Shawn Levy

主要编剧：Robert Ben Garant，Thomas Lennon

主演：Ben Stiller，Owen Wilson，Amy Adams

译制片出品机构：上海电影译制厂有限公司

译制导演：曾丹

剧本翻译：顾奇勇

部分配音演员：吴磊　范楚绒　王肖兵　翟巍　张欣　符冲　胡平智

程玉珠　倪康　桂楠　刘风　吴文伦　戴学庐　杨海音　蔡佳伟　海帆　詹佳　曾丹　王衡

4.冰川时代 3

英文片名：*Ice Age: Dawn of the Dinosaurs*

原片分级：PG

电影类型：动画片，冒险片，喜剧片

原片上映时间：2009 年

原片导演：Carlos Saldanha，Mike Thurmeier

主要编剧：Michael Berg，Peter Ackerman

主演：Ray Romano，John Leguizamo，Denis Leary

译制片出品机构：上海电影译制厂有限公司

译制导演：曾丹

剧本翻译：周东

部分配音演员：刘风　翟巍　程玉珠　狄菲菲　王肖兵　吴磊　桂楠　海帆　曾丹　詹佳

5.飞屋环游记

英文片名：*Up*

原片分级：PG

电影类型：动画片，冒险片，喜剧片

原片上映时间：2009 年

原片导演：Pete Docter，Bob Peterson

主要编剧：Pete Docter，Bob Peterson

主演：Edward Asner，Jordan Nagai，John Ratzenberger

译制片出品机构：上海电影译制厂有限公司

译制导演：胡平智

剧本翻译：周东

部分配音演员：袁国庆　蔡佳伟　戴学庐　翟巍　程玉珠　倪康　海帆　佘吴斌　王籽　苏吴磊　胡平智　严丽祯　桂楠

6.舞出我人生 2

英文片名：*Step Up 2：The Streets*
原片分级：PG-13
电影类型：剧情片，音乐片，爱情片
原片上映时间：2008 年
原片导演：Jon M.Chu（朱浩伟）
主要编剧：Toni Ann Johnson，Karen Barna
主演：Robert Hoffman，Briana Evigan，Cassie Ventura
译制片出品机构：长影集团译制片制作有限责任公司
译制导演：王晓巍
剧本翻译：崔晓冬
部分配音演员：孟令军　杨鸣　杨波　王琛

7.马达加斯加 2

英文片名：*Madagascar 2：Escape Africa*
原片分级：PG
电影类型：动画片，冒险片，喜剧片
原片上映时间：2008 年
原片导演：Tom McGrath，Eric Darnell
主要编剧：Etan Cohen，Eric Darnell
主演：Ben Stiller，Chris Rock，David Schwimmer
译制片出品机构：长影集团译制片制作有限责任公司
译制导演：王晓巍
剧本翻译：李红
部分配音演员：林依轮　何炅　秦海璐　刘大航　陆建艺　胡连华

8.星际迷航

英文片名：*Star Trek*
原片分级：PG-13
电影类型：动作片，冒险片，科幻片
原片上映时间：2009 年
原片导演：J.J.Abrams
主要编剧：Roberto Orci，Alex Kurtzman
主演：Chris Pine，Zachary Quinto，Simon Pegg
译制片出品机构：长影集团译制片制作有限责任公司
译制导演：孟丽
剧本翻译：崔晓东　李红
部分配音演员：凌云　孟令军　王利军　郭金非

9.真爱之吻

英文片名：*Penelope*
原片分级：PG
电影类型：喜剧片，奇幻片，爱情片
原片上映时间：2008 年
原片导演：Mark Palansky
主要编剧：Leslie Caveny
主演：Christina Ricci，James McAvoy，Reese Witherspoon
译制片出品机构：长影集团译制片制作有限责任公司
译制导演：王晓巍
剧本翻译：崔晓冬　李红
部分配音演员：杨鸣　孟令军　王琛　纪艳芳

10.地铁惊魂

英文片名：*The Taking of Pelham 123*
原片分级：R
电影类型：动作片，犯罪片，惊悚片
原片上映时间：2009 年
原片导演：Tony Scott
主要编剧：John Godey（著），Brian Helgeland
主演：Denzel Washington，John Travolta，Luis Guzmán
原片出品国：美国/英国
译制片出品机构：长影集团译制片制作有限责任公司
译制导演：王晓巍
剧本翻译：崔晓冬　李红
部分配音演员：陆建艺　胡连华　王利军　刘大航

11.火线特工

英文片名：*Righteous Kill*
原片分级：R
电影类型：犯罪片，悬疑片，惊悚片
原片上映时间：2008 年
原片导演：Jon Avnet
主要编剧：Russell Gewirtz
主演：Robert De Niro，Al Pacino，Carla Gugino
译制片出品机构：长影集团译制片制作有限责任公司
译制导演：刘大航
剧本翻译：崔晓东
部分配音演员：刘大航　王利军　纪艳芳　郭金非

12.特工的特别任务

英文片名：*My Mom's New Boyfriend*

原片分级：PG-13

电影类型：喜剧片，犯罪片，爱情片

原片上映时间：2008 年

原片导演：George Gallo

主要编剧：George Gallo

主演：Antonio Banderas，Meg Ryan，Colin Hanks

译制片出品机构：长影集团译制片制作有限责任公司

译制导演：王晓巍

剧本翻译：崔晓东

部分配音演员：王利军　纪艳芳　孟令军　杨鸣

13.2012

英文片名：2012

原片分级：PG-13

电影类型：动作片，冒险片，科幻片

原片上映时间：2009 年

原片导演：Roland Emmerich

主要编剧：Roland Emmerich，Harald Kloser

主演：John Cusack，Thandie Newton，Chiwetel Ejiofor

译制片出品机构：北京电影制片厂

译制导演：张云明

剧本翻译：马建丽

部分配音演员：姜广涛　金永刚　季冠霖　李世荣　商虹　陆建艺　赵晓明　张遥函　赵毅　张杰

14.行动目标希特勒

英文片名：*Valkyrie*
原片分级：PG-13
电影类型：剧情片，历史片，惊悚片
原片上映时间：2008 年
原片导演：Bryan Singer
主要编剧：Christopher McQuarrie，Nathan Alexander
主演：Tom Cruise，Bill Nighy，Carice van Houten
原片出品国：美国/德国
译制片出品机构：八一电影制片厂
译制导演：张云明
剧本翻译：刘大勇
部分配音演员：金永钢　商虹　李立宏

15.终结者 2018

英文片名：*Terminator Salvation*
原片分级：PG-13
电影类型：动作片，科幻片
原片上映时间：2009 年
原片导演：McG
主要编剧：John Brancato，Michael Ferris
主演：Christian Bale，Sam Worthington，Anton Yelchin
原片出品国：美国/德国/英国/意大利
译制片出品机构：北京电影制片厂
译制导演：张云明
剧本翻译：高增志
部分配音演员：李智伟　李立宏　张杰　杨晨　季冠琳　茅菁　李世荣　张遥函

16.变形金刚 2

英文片名：*Transformers:Revenge of the Fallen*
原片分级：PG-13
电影类型：动作片，冒险片，科幻片
原片上映时间：2009 年
原片导演：Michael Bay
主要编剧：Ehren Kruger，Roberto Orci
主演：Shia LaBeouf，Megan Fox，Josh Duhamel
译制片出品机构：中国电影集团公司译制中心
译制导演：廖菁　张伟
剧本翻译：安绍峰
部分配音演员：姜广涛　季冠琳　王明军　白马　廖菁　徐涛　陆揆　王凯　陈浩　韩童生　陆建艺　赵晓明　任亚明　盖文革　冯宪珍　张伟　张遥函　毛毛头

17.国家要案

英文片名：*State of Play*
原片分级：PG-13
电影类型：犯罪片，剧情片，悬疑片
原片上映时间：2009 年
原片导演：Kevin Macdonald
主要编剧：Matthew Michael Carnahan，Tony Gilroy
主演：Russell Crowe，Rachel McAdams，Ben Affleck
原片出品国：美国/英国/法国
译制片出品机构：上海电影译制厂有限公司
译制导演：狄菲菲
剧本翻译：康林　烽儿

部分配音演员：刘风　任伟　姜玉玲　詹佳　海帆　王肖兵　曹雷　胡平智　符冲　桂楠　程玉珠　吴磊　翟巍　刘钦　严丽祯　谢添天　曾丹

18.特种部队：眼镜蛇的崛起

英文片名：*G.I.Joe：The Rise of Cobra*

原片分级：PG-13

电影类型：动作片，冒险片，科幻片

原片上映时间：2009年

原片导演：Stephen Sommers

主要编剧：Stuart Beattie，David Elliot

主演：Dennis Quaid，Channing Tatum，Marlon Wayans

原片出品国：美国/捷克

译制片出品机构：北京电影制片厂

译制导演：张云明

剧本翻译：马建丽　张陨璧

部分配音演员：金永钢　赵洋　李世荣　李立宏　季冠霖　商虹　张杰　张遥函　高增志　陆建艺　凌云　张云明　赵晓明　刘露　成在群　陈鑫　雷珈德　盛锡友　刘梦娜　郭丽娜

19.神秘代码

英文片名：*Knowing*

原片分级：PG-13

电影类型：动作片，剧情片，悬疑片

原片上映时间：2009年

原片导演：Alex Proyas

主要编剧：Ryne Douglas Pearson，Juliet Snowden

主演：Nicolas Cage，Chandler Canterbury，Rose Byrne

原片出品国：美国/英国/澳大利亚

译制片出品机构：上海电影译制厂有限公司

译制导演：狄菲菲

剧本翻译：宋谊

部分配音演员：刘风　黄莺　詹佳　刘钦　苏秀　戴学庐

附录一　1949—1979 年间公映的英文原声字幕片

◈ 1958

1.理查三世

英文片名：*Richard III*
电影类型：人物传记,剧情片,历史片
原片出品国：英国
原片上映时间：1955 年
原片导演：Laurence Olivier
主要编剧：William Shakespeare(著),David Garrick
主演：Laurence Olivier,Cedric Hardwicke,Nicholas Hannen
译制片出品机构：上海电影译制厂

2.巴格达窃贼

英文片名：*The Thief of Bagdad*
电影类型：冒险片,家庭片,奇幻片
原片出品国：英国/美国(作为英国影片在中国公映)
原片上映时间：1940 年
原片导演：Ludwig Berger

主要编剧：Miles Malleson，Lajos Biró

主演：Conrad Veidt，Sabu，June Duprez

原片所获奖项：第 13 届奥斯卡金像奖彩色片最佳摄影、最佳特效、最佳艺术指导

译制片出品机构：上海电影制片厂

1979

1.女英烈传

英文片名：*Carve Her Name with Pride*

电影类型：人物传记，剧情片，战争片

原片出品国：英国

原片上映时间：1958 年

原片导演：Lewis Gilbert

主要编剧：R.J.Minney（著），Vernon Harris

主演：Virginia McKenna，Paul Scofield，Jack Warner

译制片出品机构：长春电影制片厂

（1962 年作为内参片译制，1979/1981 年在中国公映）

2.有闲阶级

英文片名：*The Gentleman Tramp*

电影类型：纪录片，人物传记

原片上映时间：1976 年

原片导演：Richard Patterson

主要编剧：Richard Patterson

主演：Charles Chaplin，Jack Lemmon，Walter Matthau

原片出品国：美国

译制片出品机构：长春电影制片厂

剧本翻译：潘耀华
（1963年译制，1979年公映）

3.小儿/寻子遇仙记

英文片名：*The Kid*
电影类型：喜剧片，剧情片，家庭片
上映时间：1921年
原片导演：Charles Chaplin
主要编剧：Charles Chaplin
主演：Charles Chaplin，Edna Purviance，Jackie Coogan
原片出品国：美国
译制片出品机构：长春电影制片厂
剧本翻译：潘耀华

4.悠闲阶级

英文片名：*The Idle Class*
电影类型：短片，喜剧片
上映时间：1921年
原片导演：Charles Chaplin
主要编剧：Charles Chaplin
主演：Charles Chaplin，Edna Purviance，Charles Aber
原片出品国：美国
译制片出品机构：长春电影制片厂
剧本翻译：潘耀华

5.舞宫莺燕

英文片名：*The Unfinished Dance*
电影类型：喜剧片，剧情片，音乐片

上映时间：1947 年
原片导演：Henry Koster
主要编剧：Paul Morand（著），Myles Connolly
主演：Margaret O'Brien，Cyd Charisse，Karin Booth
原片出品国：美国
译制片出品机构：上海电影译制厂
译制导演/剧本翻译：陈叙一

6.欢乐的一天

英文片名：*A Day's Pleasure*
电影类型：短片，喜剧片
上映时间：1919 年
原片导演：Charles Chaplin
主要编剧：Charles Chaplin
主演：Charles Chaplin，Edna Purviance，C.Allen
原片出品国：美国
译制片出品机构：长春电影制片厂
字幕翻译：张杲

附录二　部分内参片目录

1966—1978（内参片）

英国译制内参片

◇ 1970

红菱艳

英文片名：*The Red Shoes*
电影类型：剧情片，音乐片，爱情片
原片上映时间：1948 年
原片导演：Michael Powell；Emeric Pressburger
主要编剧：Hans Christian Andersen，Emeric Pressburger
主演：Anton Walbrook，Marius Goring，Moira Shearer
译制片出品机构：上海电影译制厂
剧本翻译：陈叙一
译制导演：陈叙一　张同凝
部分配音演员：邱岳峰　李梓　乔榛　伍经纬

◈ 1972

简·爱

英文片名：*Jane Eyre*
电影类型：剧情片
原片上映时间：1970 年
原片导演：Delbert Mann
主要编剧：Charlotte Brontë（著），Jack Pulman
主演：George C.Scott，Susannah York，Ian Bannen
译制片出品机构：上海电影译制厂
译制导演：陈叙一　孙渝烽
剧本翻译：陈叙一
部分配音演员：李梓　刘广宁　苏秀　尚华　邱岳峰　富润生　赵慎之　于芳

◈ 1975

送信人

英文片名：*The Go-Between*
电影类型：剧情片，爱情片
原片上映时间：1971 年
原片导演：Joseph Losey
主要编剧：L.P.Hartley（著），Harold Pinter
主演：Julie Christie，Alan Bates，Margaret Leighton
译制片出品机构：长春电影制片厂
译制导演：兰馥心
剧本翻译：兰馥心
部分配音演员：张慧君　肖南　张玉昆　潘淑兰　郑万玉　向隽殊

◈ 1976

1.坎贝尔王国

英文片名：*Campbell's Kingdom*
电影类型：冒险片，剧情片
原片上映时间：1957 年
原片导演：Ralph Thomas
主要编剧：Hammond Innes（著），Hammond Innes
主演：Dirk Bogarde，Stanley Baker，Michael Craig
译制片出品机构：上海电影译制厂
译制导演：乔榛
剧本翻译：张骏祥
部分配音演员：孙道临　尚华　李梓

2.铁道儿童

英文片名：*The Railway Children*
电影类型：家庭片，剧情片
原片上映时间：1970 年
原片导演：Lionel Jeffries
主要编剧：E.Nesbit（著），Lionel Jeffries
主演：Dinah Sheridan，Bernard Cribbins，William Mervyn
译制片出品机构：上海电影译制厂
译制导演：伍经纬
部分配音演员：苏秀　丁建华

3.比男人更凶残

英文片名：*Deadlier than the Male*

电影类型：冒险片，犯罪片，剧情片
原片上译时间：1967 年
原片导演：Ralph Thomas
主要编剧：Jimmy Sangster，David D.Osborn
主演：Richard Johnson，Elke Sommer，Sylva Koscina
译制片出品机构：上海电影译制厂
译制导演：孙道临
剧本翻译：孙道临　陈叙一　赵国华
部分配音演员：毕克　邱岳峰　李梓　潘我源　杨成纯
译制片版本 2
译制片出品机构：八一电影制片厂
部分配音演员：贾士纮　可青　杨招采　彭河

美国译制内参片

◈ 1970

1.舞宫莺燕

英文片名：*The Unfinished Dance*
电影类型：喜剧片，剧情片，音乐片
原片上映时间：1947 年
原片导演：Henry Koster
主要编剧：Paul Morand（著），Myles Connolly
主演：Margaret O'Brien，Cyd Charisse，Karin Booth
译制片出品机构：上海电影译制厂
译制导演：陈叙一
剧本翻译：陈叙一
部分配音演员：林彬　李梓　刘广宁　于鼎　尚华　周以勤

2.翠堤春晓

英文片名：*The Great Waltz*
电影类型：人物传记，剧情片，音乐片
原片上映时间：1938 年
原片导演：Julien Duvivier
主要编剧：Gottfried Reinhardt，Samuel Hoffenstein
主演：Luise Rainer，Fernand Gravey，Miliza Korjus
译制片出品机构：八一电影制片厂
译制导演：李昂
部分配音演员：彭河　袁霞　贾士纮　李福生　高保成

3.风流女窃

英文片名：*Heartbeat*
电影类型：剧情片，爱情片
原片上映时间：1946 年
原片导演：Sam Wood
主要编剧：Morrie Ryskind，Hans Wilhelm
主演：Ginger Rogers，Jean-Pierre Aumont，Adolphe Menjou
译制片出品机构：八一电影制片厂
译制导演：李昂
部分配音演员：贾士纮　彭河　可青　杨昭采

◈ 1971

1.巴顿将军

英文片名：*Patton*
电影类型：人物传记，剧情片，战争片

原片上映时间：1970 年
原片导演：Franklin J.Schaffner
主要编剧：Francis Ford Coppola，Edmund H.North
主演：George C.Scott，Karl Malden，Stephen Young
译制片出品机构：八一电影制片厂
译制导演：李昂
部分配音演员：里坡　贾士纮　刘江　李福生

2.中途岛之战

英文片名：*Midway*
电影类型：动作片，剧情片，历史片
原片上映时间：1976 年
原片导演：Jack Smight
主要编剧：Donald S.Sanford
主演：Charlton Heston，Henry Fonda，James Coburn
译制片出品机构：八一电影制片厂
译制导演：贾士纮
部分配音演员：里坡　张云明　刘江　张勇手　彭河　王心刚　李炎　胡晓光

1972

1.乱世佳人

英文片名：*Gone with the Wind*
电影类型：剧情片，历史片，爱情片
原片上映时间：1940 年
原片导演：Victor Fleming
主要编剧：Margaret Mitchell（著），Sidney Howard
主演：Clark Gable，Vivien Leigh，Thomas Mitchell

原片所获奖项：第 12 届奥斯卡金像奖最佳影片、最佳导演、最佳女主角、最佳女配角、最佳编剧、最佳艺术指导、最佳剪辑、最佳摄影

译制片出品机构：上海电影译制厂

译制导演：高博

剧本翻译：又林　肖丁

部分配音演员：朱莎　吴文伦　林彬　吴鲁生　王惠　李守贞　张伐　崔月明　张闽　李玲君　梁波罗　王卫平　洪融　周以勋

2.虎—虎—虎

英文片名：*Tora! Tora! Tora!*

电影类型：动作片，剧情片，历史片

原片上映时间：1970 年

原片导演：Richard Fleischer，Kinji Fukasaku（深作欣二），Toshio Masuda（舛田利雄）

主要编剧：Larry Forrester，Hideo Oguni

主演：Martin Balsam，Sô Yamamura，Jason Robards

原片出品国：美国/日本

原片所获奖项：第 43 届奥斯卡金像奖最佳视觉效果

译制片出品机构：上海电影译制厂

译制导演：陈叙一

剧本翻译：李多　章洪发

部分配音演员：尚华　时汉威　李梓　胡庆汉

3.侠盗罗宾汉

英文片名：*The Adventures of Robin Hood*

原片分级：PG

电影类型：动作片，冒险片，爱情片

原片上映时间：1938 年

原片导演：Michael Curtiz，William Keighley

主要编剧：Norman Reilly Raine，Seton I.Miller

主演：Errol Flynn，Olivia de Havilland，Basil Rathbone

原片所获奖项：第 11 届奥斯卡金像奖最佳艺术指导、最佳电影剪辑、最佳原创音乐

译制片出品机构：八一电影制片厂

译制导演：李昂

部分配音演员：王心刚　田华　师伟　里坡　贾士纮

◈ 1975

1.鸳梦重温

英文片名：*Random Harvest*

电影类型：剧情片，爱情片

原片上映时间：1942 年

原片导演：Mervyn LeRoy

主要编剧：Claudine West，George Froeschel

主演：Ronald Colman，Greer Garson，Philip Dorn

译制片出品机构：上海电影译制厂

译制导演：卫禹平

剧本翻译：赵国华　朱晓婷　万培德

部分配音演员：毕克　曹雷

2.纽约奇谈

英文片名：*Tales of Manhattan*

电影类型：喜剧片，剧情片，爱情片

原片上映时间：1942 年

原片导演：Julien Duvivier

主要编剧：Ben Hecht，Ferenc Molnár

主演：Charles Boyer，Rita Hayworth，Ginger Rogers

译制片出品机构：长春电影制片厂
译制导演：兰馥心　陈汝斌
剧本翻译：孙国臻　金学镛　张信威
部分配音演员：孙敖　李真　肖南　马静图　向隽殊　陈汝斌

3.空谷芳草

英文片名：*The Valley of Decision*
电影类型：剧情片
原片上映时间：1945 年
原片导演：Tay Garnett
主要编剧：John Meehan，Sonya Levien
主演：Greer Garson，Gregory Peck，Donald Crisp
译制片出品机构：上海电影译制厂
译制导演：卫禹平
剧本翻译：杨小石　张宝珠
部分配音演员：林彬　毕克　邱岳峰　胡庆汉　张同凝

4.屏开雀选

英文片名：*Pride and Prejudice*
电影类型：剧情片，爱情片
原片上映时间：1940 年
原片导演：Robert Z.Leonard
主要编剧：Aldous Huxley，Jane Murfin
主演：Greer Garson，Laurence Olivier，Mary Boland
译制片出品机构：上海电影译制厂
译制导演：卫禹平
剧本翻译：上海外国语学院英语系教师
部分配音演员：曹雷　毕克　富润生　林彬　李梓　邱岳峰
（1978 年公映，片名：傲慢与偏见）

5.美人计

英文片名：*Notorious*
电影类型：剧情片，黑色电影，爱情片
原片上映时间：1946 年
原片导演：Alfred Hitchcock
主要编剧：Ben Hecht
主演：Cary Grant，Ingrid Bergman，Claude Rains
译制片出品机构：上海电影译制厂
译制导演：孙道临
部分配音演员：乔榛　李梓　杨成纯　毕克　尚华　张同凝　伍经纬　邱岳峰　童自荣

6.简·爱

英文片名：*Jane Eyre*
电影类型：剧情片，爱情片
原片上映时间：1943 年
原片导演：Robert Stevenson
主要编剧：Charlotte Brontë（著），Aldous Huxley
主演：Orson Welles，Joan Fontaine，Margaret O'Brien
译制片出品机构：上海电影译制厂
部分配音演员：毕克　李梓　金霖　陈燕华　乔榛　邱岳峰　梅梅　杨成纯　苏秀　赵慎之　潘我源　严崇德　胡庆汉

7.琼宫恨史

英文片名：*Queen Christina*
电影类型：人物传记，剧情片，历史片
原片上映时间：1933 年

原片导演：Rouben Mamoulian
主要编剧：H.M.Harwood，Salka Viertel
主演：Greta Garbo，John Gilbert，Ian Keith
译制片出品机构：上海电影译制厂
译制导演：孙道临
剧本翻译：杨小石　张宝珠　孙道临　叶琼　刘素珍
部分配音演员：张瑞芳　毕克　邱岳峰　于鼎　刘广宁　尚华　卫禹平　富润生　孙渝烽

8.魂断蓝桥

英文片名：*Waterloo Bridge*
电影类型：剧情片，爱情片，战争片
原片上映时间：1940 年
原片导演：Mervyn LeRoy
主要编剧：S.N.Behrman，Hans Rameau
主演：Vivien Leigh，Robert Taylor，Lucile Watson
译制片出品机构：上海电影译制厂
译制导演：伍经纬
剧本翻译：万培德　张宝珍　赵国华
部分配音演员：刘广宁　乔榛　李梓　于鼎　胡庆汉

1976

1.美凤夺鸾

英文片名：*It Started with Eve*
电影类型：喜剧片，音乐片，爱情片
原片上映时间：1941 年
原片导演：Henry Koster
主要编剧：Norman Krasna，Leo Townsend

主演：Deanna Durbin, Charles Laughton, Robert Cummings
译制片出品机构：上海电影译制厂
译制导演：卫禹平
剧本翻译：黄佐临
部分配音演员：刘广宁　高博　杨成纯　赵慎之　尚华　邱岳峰

2.音乐之声

英文片名：*The Sound of Music*
电影类型：人物传记，剧情片，家庭片
原片上映时间：1965 年
原片导演：Robert Wise
主要编剧：George Hurdalek, Howard Lindsay
主演：Julie Andrews, Christopher Plummer, Eleanor Parker
原片所获奖项：第 38 届奥斯卡金像奖最佳影片、最佳导演、最佳剪辑、最佳音响、最佳改编配乐
译制片出品机构：上海电影译制厂
译制导演：陈叙一
剧本翻译：陈叙一
部分配音演员：李梓　毕克　林彬　邱岳峰　张同凝　刘广宁　程晓桦　尚华　富润生　潘我源　乔榛　赵慎之

3.你猜谁来吃晚饭/谁来赴宴

英文片名：*Guess Who's Coming to Dinner*
电影类型：喜剧片，剧情片
原片上映时间：1967 年
原片导演：Stanley Kramer
主要编剧：William Rose
主演：Spencer Tracy, Sidney Poitier, Katharine Hepburn
译制片出品机构：上海电影译制厂

译制导演：陈叙一　孙渝烽
剧本翻译：上海电影译制厂英语组
部分配音演员：邱岳峰　李梓　乔榛　丁建华

译制时间不详的美国内参片

1.切格瓦拉

英文片名：*Che!*
电影类型：人物传记,剧情片,历史片
原片上映时间：1969 年
原片导演：Richard Fleischer
主要编剧：Sy Bartlett,David Karp
主演：Omar Sharif,Jack Palance,Cesare Danova
译制片出品机构：上海电影译制厂
译制导演：陈叙一

2.巫山云

英文片名：*Letter from an Unknown Woman*
电影类型：剧情片,爱情片
原片上映时间：1948 年
原片导演：Max Ophüls
主要编剧：Stefan Zweig(著),Howard Koch
主演：Joan Fontaine,Louis Jourdan,Mady Christians
译制片出品机构：上海电影译制厂
译制导演：陈叙一
部分配音演员：毕克　李梓

3.春闺泪痕

英文片名：*Tomorrow Is Forever*
电影类型：剧情片，爱情片，战争片
原片上映时间：1946 年
原片导演：Irving Pichel
主要编剧：Gwen Bristow，Lenore J.Coffee
主演：Claudette Colbert，Orson Welles，George Brent
译制片出品机构：上海电影译制厂
译制导演：孙道临　孙渝烽
剧本翻译：孙道临　刘素珍　叶琼
部分配音演员：苏秀　毕克　卫禹平

4.鸽子号

英文片名：*The Dove*
电影类型：冒险片，人物传记，剧情片
原片上映时间：1974 年
原片导演：Charles Jarrott
主要编剧：Robin Lee Graham，Derek Gill
主演：Joseph Bottoms，Deborah Raffin，John McLiam
译制片出品机构：上海电影译制厂
译制导演：陈叙一　卫禹平
部分配音演员：吴鲁生　刘广宁
央视播放版本（1980）
译制片出品机构：上海电影译制厂　中央电视台
译制导演：杨成纯
剧本翻译：陈叙一
部分配音演员：乔榛　刘广宁

5.等到天黑

英文片名：*Wait Until Dark*
电影类型：恐怖片，惊悚片
原片上映时间：1967 年
原片导演：Terence Young
主要编剧：Frederick Knott，Robert Carrington
主演：Audrey Hepburn，Alan Arkin，Richard Crenna
译制片出品机构：上海电影译制厂

6.朱莉亚

英文片名：*Julia*
原片分级：PG
电影类型：剧情片
原片上映时间：1977 年
原片导演：Fred Zinnemann
主要编剧：Lillian Hellman，Alvin Sargent
主演：Jane Fonda，Vanessa Redgrave，Jason Robards
译制片出品机构：上海电影译制厂
译制导演：陈叙一　孙渝烽
剧本翻译：陈叙一
部分配音演员：丁建华　李梓

7.红衣主教

英文片名：*The Cardinal*
原片分级：无
电影类型：剧情片，历史片，战争片
原片上映时间：1963 年

原片导演：Otto Preminger
主要编剧：Henry Morton Robinson(著),Robert Dozier
主演：Tom Tryon,John Huston,Romy Schneider
译制片出品机构：上海电影译制厂
译制导演：陈叙一
部分配音演员：乔榛

8.巴顿将军

英文片名：*Patton*
电影类型：人物传记,剧情片,战争片
原片上映时间：1970 年
原片导演：Franklin J.Schaffner
主要编剧：Francis Ford Coppola,Edmund H.North
主演：George C.Scott,Karl Malden,Stephen Young
译制片出品机构：八一电影制片厂
部分配音演员：里坡　于纯棉　王心刚　张勇手　景慕奎　刘世龙　邢吉田　胡晓光
(与前面内参片—美国译制片—1971—巴顿将军有重合,配音演员不同)

9.翠堤春晓

英文片名：*The Great Waltz*
电影类型：人物传记,剧情片,音乐片
原片上映时间：1938 年
原片导演：Julien Duvivier
主要编剧：Gottfried Reinhardt,Samuel Hoffenstein
主演：Luise Rainer,Fernand Gravey,Miliza Korjus
译制片出品机构：八一电影制片厂

部分配音演员：悦怀怡　曲云　邱丽莉　潘文展　李炎　里坡　王心刚　田华

（与前面内参片—美国译制片—1970—翠堤春晓有重合，配音演员不同）

内参字幕片

等到天黑

英文片名：*Wait Until Dark*

电影类型：恐怖片，惊悚片

原片上映时间：1967 年

原片导演：Terence Young

主要编剧：Frederick Knott，Robert Carrington

主演：Audrey Hepburn，Alan Arkin，Richard Crenna

译制片出品机构：上海电影译制厂

配音演员：无

译制片出品时间：1972

译制信息不详的内参片

1.裸体天堂

原片名称：*Naked Paradise*

原片分级：无

电影类型：剧情片

原片出品国：美国

原片上映时间：1957 年

原片导演：Roger Corman

主要编剧：Charles B.Griffith，Mark Hanna

主演：Richard Denning，Beverly Garland，Lisa Montell

译制片出品机构：上海电影译制厂
译制时间：1962

2.外交官长顿布朗

原片名称：*Carlton-Browne of the F.O.*（又名：*Man in a Cocked Hat*）
原片分级：TV-PG
电影类型：喜剧
原片出品国：英国
原片上映时间：1959
导演：Roy Boulting,Jeffrey Dell
主要编剧：Jeffrey Dell,Roy Boulting
主演：Terry-Thomas,Peter Sellers,Luciana Paluzzi
译制片出品机构：上海电影译制厂
译制时间：1963

3.上流社会

英文片名：*Room at the Top*
电影类型：剧情片,爱情片
原片出品国：英国
原片上映时间：1959 年
原片导演：Jack Clayton
主要编剧：John Braine(著),Neil Paterson
主演：Laurence Harvey,Simone Signoret,Heather Sears
译制片出品机构：上海电影译制厂
译制时间：1963

4.青春之恋

英文片名：*Chance Meeting*（又名：*The Young Lovers*）

电影类型：剧情片
原片出品国：英国
原片上映时间：1954 年
原片导演：Anthony Asquithamuel
主要编剧：Robin Estridge, George Tabori
主演：Odile Versois, David Knight, Joseph Tomelty
译制片出品机构：上海电影译制厂
译制时间：1962

5.卓别林短片集

英文片名：*The Chaplin Revue*
电影类型：喜剧片
上映时间：1959 年
原片导演：Charles Chaplin
主要编剧：Charles Chaplin
主演：Charles Chaplin, Edna Purviance, Albert Austin
原片出品国：美国
译制片出品机构：上海电影译制厂
译制时间：1965

6.工作

英文片名：*Work*
电影类型：喜剧片，短片
上映时间：1915 年
原片导演：Charles Chaplin
主要编剧：Charles Chaplin
主演：Charles Chaplin, Billy Armstrong, Marta Golden
原片出品国：美国
译制片出品机构：上海电影译制厂
译制时间：1965

7.愚人船

英文片名：*Ship of Fools*

电影类型：剧情片，爱情片，战争片

上映时间：1965 年

原片导演：Stanley Kramer

主要编剧：Katherine Anne Porter（著），Abby Mann

主演：Vivien Leigh，Simone Signoret，José Ferrer

译制片出品机构：上海电影译制厂

附录三　部分加拿大和澳大利亚电影译制片

◇ 1986

少年擒寇记

英文片名：*BMX Bandits*
原片分级：PG
电影类型：冒险片，犯罪片，剧情片
原片上映时间：1983 年
原片导演：Brian Trenchard-Smith
主要编剧：Patrick Edgeworth，Russell Hagg
主演：David Argue，John Ley，Nicole Kidman
原片出品国：澳大利亚
译制片出品机构：上海电影译制厂
译制导演：伍经纬
剧本翻译：朱晓婷
部分配音演员：杨晓　严崇德　刘广宁　施融　童自荣　尚华

◇ 1994

钢琴课

英文片名：*The Piano*

原片分级：R
电影类型：剧情片，音乐片，爱情片
原片上映时间：1993 年
原片导演：Jane Campion
主要编剧：Jane Campion
主演：Holly Hunter，Harvey Keitel，Sam Neill
原片出品国：澳大利亚/新西兰/法国
译制片出品机构：上海电影译制厂有限公司
译制导演：乔榛
剧本翻译：赵国华
部分配音演员：丁建华　程玉珠　乔榛

1998

神秘的背影

英文片名：*Jack's Back*
电影类型：犯罪片，恐怖片，悬疑片
原片上映时间：1988 年
原片导演：Rowdy Herrington
主要编剧：Rowdy Herrington
主演：James Spader，Cynthia Gibb，Jim Haynie
原片出品国：加拿大
译制片出品机构：上海电影译制厂有限公司
译制导演：王建新
剧本翻译：刘雪慰
部分配音演员：童自荣　狄菲菲　王肖兵　沈晓谦　乔榛　胡平智　海帆　白涛　陈迪　王静文

◈ 1999

1.重装悍将

英文片名：*Silent Trigger*
原片分级：R
电影类型：动作片，剧情片，惊悚片
原片上映时间：1996 年
原片导演：Russell Mulcahy
主要编剧：Sergio Altieri
主演：Dolph Lundgren，Gina Bellman，Conrad Dunn
原片出品国：加拿大
译制片出品机构：长影集团译制片制作有限责任公司
译制导演：胡连华
剧本翻译：杜桂敏
部分配音演员：刘大航　孟丽　孙佳禾　胡连华

2.疑云空降

英文片名：*Airborne*
原片分级：R
电影类型：动作片
原片上映时间：1998 年
原片导演：Julian Grant
主要编剧：Julian Grant，Tony Johnston
主演：Steve Guttenberg，Kim Coates，Torri Higginson
原片出品国：加拿大
译制片出品机构：长影集团译制片制作有限责任公司
译制导演：胡连华
剧本翻译：杨玉洁　杨柳
部分配音演员：孙佳禾　孟丽　胡连华　郭金非

附录四　部分电影资料馆内参译制片

1.走出非洲

英文片名：*Out of Africa*
原片分级：PG
电影类型：人物传记，剧情片，爱情片
原片上映时间：1985 年
原片导演：Sydney Pollack
主要编剧：Judith Thurman（著），Karen Blixen
主演：Meryl Streep，Robert Redford，Klaus Maria Brandauer
原片所获奖项：第 58 届奥斯卡奖最佳影片、最佳导演、最佳改编剧本、最佳摄影、最佳艺术指导、最佳音响、最佳配乐、最佳女主角
译制片出品机构：上海电影译制厂有限公司
部分配音演员：王建新　梁国喜　龙俊杰　丁建华　乔榛　翁振新　程玉珠　尚华　廖菁　徐涛

2.沉默的羔羊

英文片名：*The Silence of the Lambs*
原片分级：R
电影类型：犯罪片，剧情片，惊悚片
原片上映时间：1991 年

原片导演：Jonathan Demme
主要编剧：Thomas Harris(著)，Ted Tally
主演：Jodie Foster，Anthony Hopkins，Lawrence A.Bonney
原片所获奖项：第64届奥斯卡金像奖最佳影片
译制片出品机构：八一电影制片厂
译制导演：彭河
剧本翻译：苏林
配音演员：周庆瑜　张涵予　张长水　李立宏　赵晓明　饶立群　李志新

3.费城故事

英文片名：*Philadelphia*
原片分级：PG-13
电影类型：剧情片
原片上映时间：1993年
原片导演：Jonathan Demme
主要编剧：Ron Nyswaner
主演：Tom Hanks，Denzel Washington，Roberta Maxwell
原片所获奖项：第66届奥斯卡金像奖最佳男主角
译制片出品机构：上海电影译制厂有限公司
部分配音演员：尚华　金琳　龙俊杰　计泓

4.辛德勒的名单

英文片名：*Schindler's List*
原片分级：R
电影类型：人物传记，剧情片，历史片
原片上映时间：1993年
原片导演：Steven Spielberg
主要编剧：Thomas Keneally(著)，Steven Zaillian

主演：Liam Neeson，Ralph Fiennes，Ben Kingsley

原片所获奖项：第 66 届奥斯卡奖最佳导演、最佳改编剧本、最佳摄影、最佳艺术指导、最佳电影剪辑、最佳配乐，第 51 届金球奖最佳影片、最佳导演、最佳编剧

译制片出品机构：上海电影译制厂

译制导演：曾丹

剧本翻译：陆瑶蓉

部分配音演员：刘风　王肖兵　黄莺　吴磊　彭河

附录五　部分参考文献来源

长春市地方志编纂委员会.长春年鉴(1987—2010年卷).长春：长春出版社.

《八一电影制片厂影视目录》编委会.影视目录(1952—2012).内部资料.2012.

《上海文化年鉴》编辑部.上海文化年鉴(1987—2010卷).北京：中国大百科全书出版社.

吉林市年鉴编纂委员会.吉林年鉴(1984—2010年卷).长春：吉林文史出版社.

上海电影译制厂.魅力人声.上海：上海辞书出版社,2007.

谭慧.中国译制电影史.北京：中国电影出版社,2014.

吴贻弓.上海电影志.上海：上海社会科学出版社,1999.

中国电影家协会 & 广播电影电视部电影事业管理局.中国电影年鉴(1981—1990年卷).北京：中国电影出版社.

中国电影年鉴编辑委员会.中国电影年鉴(1991—2009年卷).北京：中国电影出版社.

期刊杂志资料

《大众电影》《中国电影杂志》《电影月报》《中国电影画报》《电影艺术》《当代电影》《电影评介》《影视技术》等。

网络资源

CNKI、读秀、中国配音网、百度百科、IMDb、维基百科等。

图书在版编目(CIP)数据

中国译制片翻译研究资料汇编：1949—2009 英美篇 / 余静编著. -- 北京 ：中国传媒大学出版社，2021.3
ISBN 978-7-5657-2879-2

Ⅰ. ①中… Ⅱ. ①余… Ⅲ. ①译制片—翻译—研究资料—中国
Ⅳ. ①I053.5 ②H059

中国版本图书馆 CIP 数据核字(2020)第 269414 号

中国译制片翻译研究资料汇编(1949—2009 英美篇)
ZHONGGUO YIZHIPIAN FANYI YANJIU ZILIAO HUIBIAN(1949—2009 YINGMEIPIAN)

编　　著　余　静
策划编辑　张莉莉
责任编辑　张莉莉
责任印制　李志鹏
封面制作　宇宙尺度

出版发行　中国传媒大学出版社
社　　址　北京市朝阳区定福庄东街 1 号　　邮　　编　100024
电　　话　86-10-65450528　65450532　　传　　真　65779405
网　　址　http://cucp.cuc.edu.cn
经　　销　全国新华书店

印　　刷　北京玺诚印务有限公司
开　　本　710mm×1000mm　1/16
印　　张　19.75
字　　数　283 千字
版　　次　2021 年 3 月第 1 版
印　　次　2021 年 3 月第 1 次印刷

书　　号　ISBN 978-7-5657-2879-2/I · 2879　　定　　价　88.00 元

本社法律顾问：北京李伟斌律师事务所　郭建平

版权所有　翻印必究　印装错误　负责调换